ハックルベリー・フィンの冒険
上

マーク・トウェイン作
千葉茂樹訳

岩波少年文庫 242

警告

この物語の真意をさぐろうとする者は
告訴される。
教訓を見つけようとする者は
追放される。
構想を知ろうとする者は
射殺される。

著者の命令を受け
兵器部長 G. G. より発令

Mark Twain

ADVENTURES OF HUCKLEBERRY FINN

1884

もくじ

カバー画　丹地陽子(たんじようこ)
さし絵　E・W・ケンブル

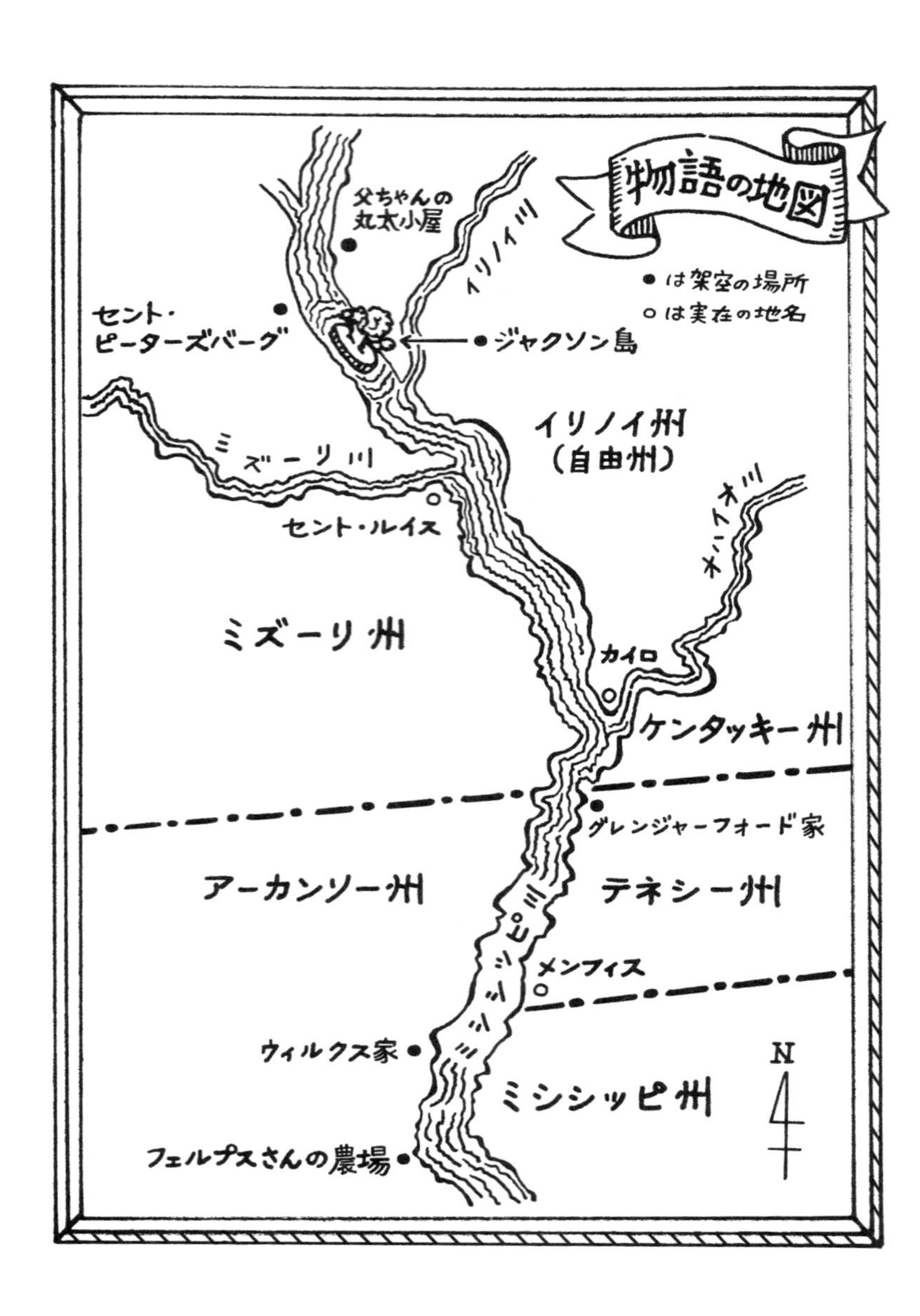
物語の地図
●は架空の場所
○は実在の地名
父ちゃんの
丸太小屋
イリノイ川
セント・
ピーターズバーグ
ジャクソン島
イリノイ州
（自由州）
ミズーリ川
セント・ルイス
オハイオ川
ミズーリ州
カイロ
ケンタッキー州
グレンジャーフォード家
アーカンソー州
テネシー州
ミシシッピ川
メンフィス
ウィルクス家
ミシシッピ州
N
フェルプスさんの農場

1

『トム・ソーヤーの冒険（ぼうけん）』という本を読んだことのない人は、ぼくのことは知らないだろう。でも、それはかまわない。あれはマーク・トウェインって人の本で、ほんとうのことが書いてある。まあ、だいたいは。大げさに書かれたところもあるけど、だいたいはほんとうのことなんだ。ちょっとぐらいの嘘（うそ）は気にしない。嘘をついたことのない人なんて、見たことないから。ポリーおばさんとダグラス未亡人（みぼうじん）、それから、メアリはべつだけど。ポリーおばさんっていうのはトムのおばさんのことで、メアリとダグラス未亡人のことは

あの本を読めばわかるよ。ちょっと大げさなところはあるけど、だいたいはほんとうのことが書いてあるっていった、あの本だ。

その本がどんなふうにおわっているかというと、こんなぐあいだ。トムとぼくは、泥棒が洞窟にかくしていた大金を見つけだして、大金持ちになった。ぼくたちは、それぞれ六千ドルも手にいれたんだ。それも全部金貨で。金貨を山のように積み上げたようすは、ものすごい見ものだったよ。それで、そのお金をサッチャー判事が利子がつくようにしてくれたもんだから、ぼくたちは毎日一ドルずつもらえるようになった。一年じゅう毎日だよ。そんな大金、どうしたらいいのか、さっぱりわからないほどだ。

それから、ダグラス未亡人がぼくを自分の息子にして、ぼくにまともな生活をさせることになった。でも、ずっと家のなかで暮らすっていうのは、つらいことだ。特にダグラス未亡人は、いつでもきちんとお上品にしているっていう人なんだから、いっしょにいるのがどんなに息苦しいかわかってほしい。

それで、とうとうがまんできなくなって、ぼくはにげだした。むかし着ていたボロに着替えて、また砂糖の大樽のなかで寝るようになった。やっと、自由になってほっとしたよ。ところが、トム・ソーヤーに見つかってしまった。トムはぼくがダグラス未亡人のところにもどってりっぱな人間になるんなら、これからはじめる盗賊団になかまいりさせてやるっていった。だから、ダグラス未亡人のところにもどることにした。

未亡人はわんわん泣いて、ぼくのことをかわいそうな迷える羊だとか、ほかにもいろんな名前で呼んだけど、べつにけなすつもりでいってるわけじゃないみたいだった。未亡人にまた新しい服を着せられたもんだから、ぼくは汗ばっかりだらだらかいて、窮屈でしょうがなかった。

そして、またもやあの生活がはじまった。夕ごはんのとき、ダグラス未亡人がベルを鳴らしたら、すっとんでいかなくちゃならない。テーブルについても、すぐに食べちゃだめなんだ。未亡人が頭をたれて、食べ物についてなにかぶつぶつ文句をいいおわるのを待ってなきゃいけない。食べ物にはけちをつけるところなんかなにもないのに。ただ、それぞれべつべつに料理されてるってだけのことだ。桶にごちゃまぜにいれたら、汁やなんかがまじりあって、もっとずっとうまくなるんだけどな。

夕ごはんがおわったら、未亡人は本をひっぱりだしてきて、モーゼだの「葦のかご」だのの話をきかせてくれる。ぼくはそのモーゼって人のことをなにもかも知りたくなった。でも、そのうち、モーゼは大むかしに死んだってことをぽつりともらしたので、すっかり

どうでもよくなってしまった。死んでしまった人にはぜんぜん関心がないからだ。

　じきにタバコが吸いたくなったので、未亡人に吸わせてくれってたのんでみた。でも、だめだっていう。下品で不潔な習慣だから、この先吸っちゃいけないっていうんだ。こういう人って、いるよね。自分の知らないことはさんざんこきおろす。親戚でもなんでもない、とっくに死んでてだれの役にも立たないモーゼのことは気にかけるくせに、ぼくがすこしはいいところもあることをしようとすると、必死であらさがしをする。しかも、ダグラス未亡人は嗅ぎタバコはやるんだ。でも、もちろんそれは許される。自分がやってることなんだから。

　ダグラス未亡人にはミス・ワトソンっていうお姉さんがいて、けっこう年をとってるのに独身で、がりがりにやせてて、眼鏡をかけている。最近ダグラス未亡人の家にやってきていっしょに暮らしはじめたんだけど、すぐぼくのことをいじめはじめた。単語のつづりを教えこもうっていうんだから。一時間ぐらいこってりしぼられたところで、ようやく未亡人がそろそろやめておいたら、といってくれた。もうがまんの限界だった。

それからの一時間ばかりは、死にたくなるほど退屈で、いらいらしっぱなしだった。ミス・ワトソンは、「そんなところに足をのせちゃいけません、ハックルベリー」とか「姿勢が悪いわよ、ハックルベリー、背中をしゃんとのばしなさい」とかいったかと思うと、すぐにまた、「そんなふうにあくびをしたり、のびをするもんじゃありません、ハックルベリー。どうして、お行儀よくできないの？」なんていう。

そのあとで、さんざん地獄のことをきかされた。ぼくはそこにいきたいな、といったら、ミス・ワトソンはかんかんにおこりだした。べつに悪気があっていったわけじゃないのに。ぼくはただ、ここじゃないどこかにいきたいと思っただけなんだ。ちがう生活ができるんならどこだってよかった。

ミス・ワトソンがいうには、ぼくがいったことはひどくいけないことで、自分ならけっして口にしないんだそうだ。ミス・ワトソンは天国にいくために正しく生きるんだっていう。ミス・ワトソンがいくところにいったって、なにもおもしろいことはなさそうだから、

天国にはいかなくてすむようにしようと、心に誓った。でも、口にだしてはいわない。そんなことしたら、めんどうなことになるだけだし、めんどうなのはごめんだ。
　ミス・ワトソンの天国の話は止まらなくなった。天国にいったら、だれもが一日じゅうハープを弾きながらうたってればいいんだそうだ。ずっといつまでも。そんなのどこがおもしろいんだ？　でも、それはいわない。ぼくはトム・ソーヤーはそこにいけると思うかってたずねてみた。ミス・ワトソンは、まず無理でしょうといった。それをきいてうれしかった。トムとおなじところにいきたかったからだ。
　ミス・ワトソンはねちねちとぼくを責めつづけた。いいかげんうんざりだし、みじめな気持ちになってきた。そのうち、黒人の使用人たちが家に呼びいれられてお祈りがすむと、みんな寝る時間だ。ぼくは自分の部屋にいくと、持ってきたロウソクをテーブルの上に置いた。それから、窓際の椅子にすわって、なにか楽しいことを考えようとしたけれどうまくいかなかった。悲しくて悲しくて、死にたいぐらいだ。星がきらきらまたたいているし、林の木の葉が悲しげにカサコソ鳴っている。フクロウの声もきこえた。どこか遠くで、死んだだれかのことをホーホーいっている。それに、ヨタカと犬が、死にかけただれかのことを悲しんで鳴いている。風がなにかをささやきかけてくるけど、なんていってるのかわからなくて、ぞくっと寒気が走った。

そのあと、林のどこか遠くから不思議な音がきこえてきた。幽霊がなにかを告げたいのにわかってもらえないせいで、お墓のなかでじっとしていられなくて、夜になるとなげき悲しみながら歩きまわってるような、そんな音だ。ぼくはすっかり落ちこんで、こわくてたまらなくて、だれかいっしょにいてくれるなかまがほしくてしょうがなかった。

そのすぐあとに、クモがぼくの肩をはい上がってきたのでふりはらったら、ちょうどロウソクの火のなかに落ちてしまった。つついてだしてやろうとしたのに、クモはたちまち燃えて小さく縮んでしまった。クモを殺すなんてとんでもなくおそろしいことで、ぼくはまちがいなく悪運にとりつかれてしまった。だれかにいわれなくたって、それははっきりわかった。ぼくはおそろしくておそろしくて、服がぬげてしまいそうなほどガタガタふるえた。

　すぐに立ち上がってその場で三回まわって、そのたびに胸(むね)で十字を切った。それから、魔女(まじょ)を追いはらうために髪(かみ)をすこしばかりまとめて、ひもでゆわえた。それでもまだ安心できない。というのも、このおまじないは、馬の蹄鉄(ていてつ)を拾ったのに、釘(くぎ)でドアに打ちつける前になくしてしまったときにするものだからだ。クモを殺してしまったときに、このおまじないで悪運から身を守ることができるかどうかなんて、きいたことがなかった。

　ぼくはガタガタふるえながら腰(こし)を下ろして、タバコを吸(す)おうとパイプをとりだした。家じゅう死んだみたいに静まり返っているから、ダグラス未亡人(みぼうじん)にだって気づかれないだろう。それからずいぶんたって、遠くにある町の時計台がボーン、ボーンと十二回鳴るのがきこえた。そのあとは、また静まり返る。さっきよりもっと静かなぐらいだ。

　そのすぐあと、どこか林の暗闇(くらやみ)のなかで、小枝(こえだ)がポキンと折れる音がきこえた。なにかが動きまわっている。ぼくはじっとして耳をそばだてた。すぐ下から、やっときこえるくらいの「ニャーニャー」という声がした。こいつはいいぞ！　ぼくも、できるだけ小さな声で「ニャーニャー」と返事をしてロウソクの火を消すと、窓(まど)から物置の屋根にでた。地面にそっとしのびおりると林のなかにはっていった。そこに待っていたのは、思った通りトム・ソーヤーだった。

2

ぼくたちはダグラス未亡人の庭のはずれめざして、林の小道を、ぬき足さし足で歩いた。木の枝に頭をひっかかれないように前かがみでだ。キッチンのそばを通るとき、ぼくは木の根につまずいてころんで、音を立ててしまった。ぼくたちはその場にしゃがんでじっとした。ミス・ワトソンの黒人奴隷の大男、ジムが勝手口のところにすわっているのがはっきり見えた。うしろから明かりに照らされているからだ。ジムは立ち上がって首を前にのばし、しばらくじっときき耳を立てていた。それからこういった。

「だれなんだ?」

ジムはしばらくそのままきき耳を立てたあと、しのび足でおりてきて、ちょうどぼくとトムのあいだに立った。手をのばせばさわれるくらい近くだ。ずいぶん長い時間、なんの音も立てずに、そうやって三人がすぐそばにいた。足首のところがかゆくなったけど、かかずにがまんした。すると耳がかゆくなりはじめる。つぎには背中のちょうどまんなかあたりが。このままかかずにいたら、死んじゃいそうなぐらいつらい。こんなことはこれまでにも何回もあった。おえらいさんといっしょにいるときとか、葬式のときとか、眠くないのに眠ろうとしているときとか。かいちゃいけない場面になるとかゆいところが千か所もでてくるんだ。

とつぜん、ジムがしゃべりだした。

「おい、いったいだれなんだ? どこにいる? おかしいな、なにかきこえたんだがな。よし、しかたない。もう一回きこえるまで、ここに腰を下ろすとしよう」

ジムはぼくとトムのあいだにすわりこんだ。木に背中をもたせかけて足をのばしたので、すれすれのところでぼくの足にあたりそうだった。今度は鼻がかゆくなった。かゆくてかゆくて涙がでてきた。それでもかかなかった。すると鼻のなかがかゆくなってきた。つぎには鼻の下だ。このままじっとすわっていられるだろうか。そんなみじめな状態が六、七分はつづいたと思う。でも、もっとずっと長く感じた。とうとう、かゆいところは十一か所になった。もうこれ以上、一分もがまんできないと思ったけれど、歯を食いしばってがんばった。ちょうどそのとき、ジムが寝息を立てはじめた。それから、いびきがはじまった。そのとたん、かゆいところはどこにもなくなった。

トムが口で小さな音をだして、合図をよこした。ぼくたちはよつんばいで、そろそろとにげだした。三メートルぐらい進んだところでトムがささやいた。

「ジムをしばりあげてからかってやろうぜ」

「だめだよ。ジムが目をさまして大さわぎになってしまうかもしれない。もし、そうなったら、ぼくがいなくなったことにも気づかれてしまうだろ」

するとトムはいった。「ロウソクが足りないから、キッチンにしのびこんで、すこしいただいてこよう」

そんなことはやらせたくなかった。

「ジムが起きて、キッチンにくるかもしれないじゃないか」

それでもトムは、あぶなくてもやるだけの価値はあるといった。

それで、ぼくたちはキッチンにしのびこんで、ロウソクを三本とってきた。トムは代金だといって、五セント硬貨をテーブルの上に置いた。そのあとようやく外にでた。ぼくはとっととにげだしたくてしかたがないのに、トムはちがう。トムはよつんばいでジムのところに、なにかいたずらをしにいった。ものすごく長い時間待たされた気がする。あたりは静まり返っていて、とても心細かった。

トムがもどるとすぐに、庭の柵沿いの小道を進んで、やがて、屋敷の裏の急な丘のてっぺんまでのぼった。トムはジムがかぶっていた帽子をぬがせて、真上の枝にひっかけてきたといった。ジムはすこしごそごそ動いたけれど、目はさまさなかったという。

あとになってジムは、魔女に魔法で眠らされて、魔女を背中に乗せたままミズーリ州じゅうとびまわったあげくに、元の木の下につれもどされたといいふらした。帽子を木の枝にひっかけていったのは、魔女が自分のしわざだとわかるようにするためなんだという。つぎに語ったときにはニューオーリンズまでとんでいったことになっていたし、そのあと、語るたびにどんどん話が大きくなって、しまいには世界じゅうとびまわって死ぬほど疲れたし、背中には鞍ずれまでできたといいだした。

そのうちジムは、あんまり自慢に思いすぎて、ほかの黒人なかまをすっかり見くびるよ

うになった。なかまたちは、ジムの話をききにわざわざ遠くからやってくるようになって、ジムはこのあたりでいちばん尊敬されるようになった。

　はじめて会う連中は、奇跡でも見るみたいに、ぽかんと口をあけたまま突っ立って、ジムの全身をじろじろと見た。黒人たちはいつだってキッチンの火のそばの暗がりで魔女についておしゃべりするもんだけれど、ほかのものが魔女について語りだすたびに、ジムはすぐさま口をはさんだ。

「ふん！　おまえさんは、魔女のなにを知ってるっていうんだい？」そういわれると、みんな口をとざして、ひき下がることになる。

　ジムはトムがテーブルに置いた五セント硬貨をいつもひもで首にぶらさげるようになった。悪魔から直接手わたされたお守りで、これさえあればどんな病人でも治すことができるし、まじないを唱えれば、いつだって魔女を呼びだせるんだといった。そのまじないを唱えてみせたことは一度もなかったけれど。

近所じゅうの黒人たちがやってきて、その五セント硬貨を見せてもらおうと、いろんなものを持ってきた。けれども、さわろうとはしない。なぜなら、悪魔がさわったお金なんだから。ジムは使用人としてはすっかりだめになってしまった。悪魔に会ったことや、魔女を背中に乗せたことで、すっかり自分がえらくなったような気になってしまったからだ。

さて、話をもどそう。丘のてっぺんにたどり着いたトムとぼくは、村を見おろした。明かりが灯っている家は三、四軒で、きっと病人でもいるんだろう。見上げると、見たことがないほどきれいな星空だ。村のそばには幅が一・五キロもある川が流れていて、おそろしいほど静かで堂々としている。丘をおりると、むかしなめし革工場だったところにジョー・ハーパーとベン・ロジャーズ、それにあと二、三人がいた。そこで、みんなでボートに乗りこんで、川を四キロほど下ったところにある丘のふもとの大岩をめざし、そこで上陸した。

やぶが茂っているところまで進むと、トムが全員に秘密を守ると誓わせてから、いちばんびっしり茂ったやぶの奥にある洞窟の入り口を見せた。それから、ロウソクに火をつけ

て、よつんばいになって洞窟にはいっていった。二百メートルほど進んだところで、とつぜん、広々とした場所にでた。トムは壁のあちこちをつつきまわしたあとに、そこに穴があるとはぜんぜんわからない壁の下にしゃがんでもぐっていった。トムにつづいて細い穴をしばらくいくと、部屋のようなところに着いた。じめじめした寒いところだ。そこでトムがいう。

「おれたちは、これから盗賊団をはじめる。『トム・ソーヤー団』っていうんだ。はいりたいやつは誓いを立てて、血で署名をすること」

そこにいたみんながはいりたがった。そこでトムは誓いが書かれた紙をとりだして読みはじめた。盗賊団にはいったら、けっして、その秘密を他人に明かしてはならない。もし、盗賊団の団員がだれかになにかひどいことをされたら、命令を受けた団員は、そのだれかとその家族を殺さなくちゃならない。全員を殺して、胸に盗賊団の印の十字を刻みつけるまでは、食べてもいけないし、眠ってもいけない。そして、その印は盗賊団以外のものは使ってはいけなくて、もし使ったら訴えられるし、もう一度やったら殺される。

それから、団員のだれかが秘密を明かしたら、喉をかっ切られて、死体は燃やされ、その灰をあたりにばらまかれ、その名前はリストから血で塗りつぶされて、なかまのあいだで二度とそいつの話をしてはいけない。その名前には呪いがかけられて、永遠に忘れ去られる。

みんなが、こいつはすごい誓いだとほめた。そして、トムに、自分ひとりで考えだしたのかとたずねた。トムは自分で考えたところもあるけど、あとは海賊の本や盗賊の本から借りたんだといった。りっぱな悪党団にはどこにもこんな誓いがあるんだそうだ。

だれかが、秘密を明かした団員の家族も殺すのはどうだろうといった。トムはそれはいいアイディアだといって、さっそく鉛筆をとりだして書きたした。そこで、ベン・ロジャーズがいった。

「なあ、ハック・フィンには家族がいないぞ。いったいどうするんだ?」

「ハックにはおやじがいるじゃないか」トム・ソーヤーが答える。

「ああ、いるにはいるけど、最近じゃ、ぜんぜん見かけないぞ。むかしは、酔(よ)っぱらっては、なめし革(がわ)工場で飼ってるブタどもと寝(ね)てたけど、ここんところ、一年以上も見てないな」

さんざん話しあった末に、ぼくはなかまはずれにされかかった。家族か、だれか殺す人間がいないのは、ほかのなかまにとって公平じゃないからだ。それで、だれもそれ以上いい案が思いつけずに、いきづまって静かになってしまった。ぼくはもうすこしで泣くところだった。でも、とつぜん思いついて、ミス・ワトソンの名前をあげた。あの人を殺せばいい。

するとみんな、口々にいった。「うん、あの人がいた。あの人でいいよ。これで解決(かいけつ)だ。ハックもなかまだ」

それから、全員、ピンで指を刺(さ)して血をしぼり、それでサインした。ぼくは字が書けないので自分の印(しるし)を紙に書いた。

「それで」ベン・ロジャーズがいう。「この盗賊団(とうぞくだん)はなにをやるんだ?」

「略奪(りゃくだつ)と人殺しにきまってるだろ」とトム。

「で、だれから略奪するんだ？　家におしいるのか？　家畜泥棒か？　それとも……」

「冗談じゃない！　家畜泥棒なんて盗賊のすることじゃないぞ。あんなものはただのこそ泥だ。おれたちはこそ泥とはちがうんだ。街道をまたにかけた盗賊だぞ。覆面姿で、駅馬車や幌馬車をおそって、御者を殺して時計や金をうばうんだ」

「かならず殺さなきゃだめなの？」

「ああ、あたりまえだ。それがいちばんいいんだ。そうは考えない連中もいるけど、だいたいは殺すのがいちばんいいっていってる。ただし、カ、カ、カドワカして、この洞窟にかくしておくのはべつだぞ」

「カドワカ？　なんだよ、それ？」

「おれも知らないよ。でも、盗賊ならそうするんだ。本で読んだんだから、やるしかないだろ？」

「だけど、どんなもんだか知りもしないで、どうやってやるっていうんだ？」

「文句ばっかりいうなよ。やるといったらやるんだ。本に書いてあったっていっただろ？　本に書いてあるのとはちがうことをやって、めちゃめちゃにしたいっていうのか？」

「そりゃあ、口でいうのはかんたんだよな、トム・ソーヤー。だけど、カドワカがなんだか知らないで、いったいなにをどうやるのかってきいてんだよ。お前はどうするつもりなんだ?」

「おれにはわからないよ。でも、たぶん、カドワカっていうのは、死ぬまでつかまえておくってことだよ」

「なんだ、ならいいや。きっとそれだよ。なんで、はじめっからそういわなかったんだ? おれたちは、そいつらを死ぬまでカドワカしておくってことか。だけど、いろいろめんどうだろうな。手あたりしだい食べるだろうし、しょっちゅうにげだそうとするんだぞ」

「なにいってんだ、ベン・ロジャーズ。しっかり見張ってるのに、にげられるわけないだろ。ちょっとでも動いたら、撃ち殺すんだからな」

「見張りだって? そいつはいいや。ってことは、だれかが一晩じゅう寝ないで、そいつらから目をはなさないってことだよな? そんなのばかばかしいじゃないか。どうして、ここにつれてきたら、すぐに棍棒でなぐり殺しちゃいけないんだ?」

「だから、本にはそんなこと書いてないんだよ。なあ、ベン・ロジャーズ、おまえは、ちゃんとやりたいのか、やりたくないのか、はっきりしてくれよ。本を書くような人たちは、どうするのが正しいのか、ちゃんと知ってるとは思わないか？　それとも、おまえが本を書く人に教えてやろうっていうのか？　冗談じゃない。おれたちはな、正しいやり方でカドワカをやるんだよ」

「わかったよ。それでいい。ただ、なんだかばかみたいだっていっただけさ。それでさ、おれたち、女も殺すのか？」

「おいおい、ベン・ロジャーズ、よくもそんなばかなことがいえるな。女を殺すかって？　どんな本にもそんなことは書いてないぞ。女の人をこの洞窟につれてきたら、おまえはいつだって礼儀正しくしなくちゃいけないんだ。そうしたら、じきに女の人はおまえのことが好きになって、一生家に帰りたいなんて思わなくなるのさ」

「そっか、それならおれも賛成だ。だけど、そんなにうまくいくのか？　この洞窟はすぐにカドワカしてきた女の人やなんかでぎゅうぎゅうになるんだぞ。そしたら、おれたちの居場所がなくなっちゃうじゃないか。でも、まあいいや。もう文句はいわないよ」

居眠りしていたチビのトミー・バーンズを起こしたら、びっくりして泣きだして、お母ちゃんのところに帰りたいよ、盗賊なんかになりたくないよ、といった。

すると、みんなでよってたかって、泣き虫赤ちゃんといってからかったもんだから、トミーはかんかんに怒って、家に帰ったら、秘密をなにもかもぶちまけてやるといった。けれど、トムはトミーに五セントやってだまらせた。そして、きょうのところはみんな家に帰って、来週になったらもう一回集まって、強盗と人殺しをやろうといった。

ベン・ロジャーズは、あんまりしょっちゅうは出歩けなくて、日曜ならいいといった。はじめるのは来週の日曜にしてほしいってことだ。でも、ほかの子たちはみんな、日曜には悪いことをしちゃいけないってことで話がまとまった。それで、なるべく早く集まって、いつにするかきめようってことになった。それから、トム・ソーヤーを盗賊団の頭に、ジョー・ハーパーを副頭に選んで家に帰りはじめた。

物置小屋の屋根にのぼって、窓から部屋にもどったのは、日がのぼるちょっと前だった。新しい服はロウソクの蠟だの泥だのですっかりよごれていたし、くたくたに疲れていた。

3

その日の朝、よごれた服を見たミス・ワトソンに、さんざんしかられた。けど、ダグラス未亡人はなにもいわないで、ただ蠟や泥を落としていた。あんまり悲しそうなので、しばらくはお行儀よくしていようと思った。それから、ミス・ワトソンと小部屋にとじこもってお祈りをしたけど、なにも起こらなかった。ミス・ワトソンは毎日お祈りをつづければ、なんでも望みはかなうという。でも、そうじゃなかった。ためしてはみたんだ。前に釣り糸はあるのに釣り針がなかったことがある。それで、三、四回祈ってみたけど、どう

いうわけだか釣り針は手にはいらなかった。

しばらくたったある日、ミス・ワトソンに代わりにお祈りしてくれないかとたのんでみた。すると、おまえはばかだといわれた。理由は教えてくれない。ぼくにはさっぱりわけがわからなかった。

ぼくは裏の林ですわりこんで、じっくり考えてみた。お祈りすればなんでも手にはいるというのなら、教会執事のウィンさんは、どうして、ブタ肉の相場で損したお金をとりもどせないんだろう？　ダグラス未亡人の、盗まれた銀の嗅ぎタバコ入れは、どうしてもどってこないんだろう？　ミス・ワトソンは、どうして太れないんだろう？　それもそのはず。ぼくは自分にそういった。お祈りなんか役に立たないからなんだ。

ぼくは未亡人のところにいって、この発見を話した。すると、未亡人は、人がお祈りで手にいれるのは「魂の贈り物」なんだといった。いったいなんのことだかさっぱりわからない。でも、未亡人が説明してくれた。つまり、ぼくはほかの人を助けて、ほかの人のためにできることはなんでもしてあげて、いつでも、ほかの人を気にかけて、自分のことはちっとも考えちゃいけないっていうんだ。ほかの人のなかにはミス・ワトソンもはいっているらしい。

ぼくはまた林にいって、長い時間、じっくり考えてみた。けれど、いくら考えても、自分にはなんの得もないと思った。得をするのは「ほかの人」だけだ。そして、結局、お祈りのことで頭を悩ますのはすっぱりやめて、気にしないことにした。

ときどき、未亡人に呼ばれて、神様がどんなことをしてくれるのかきかされた。だれでもよだれがでるような、おいしい話だ。でも、たいていつぎの日あたりにミス・ワトソンがしゃしゃりでてきて、なにもかも台無しにしてしまう。どうやら、神様にも二通りあるみたいだ。未亡人のほうの神様なら、だめな人間でもなんとかやっていけそうだけど、ミス・ワトソンのほうの神様がでてきたら、もうおしまいだ。そうやってあれこれ考えた末に、もし、許されるんなら、未亡人のほうの神様につくことにした。ただ、ぼくみたいに頭が悪くて、いやしくて役立たずの人間をなかまにしても、神様にはなんの得にもならないだろうけど。

父ちゃんの姿は、もう一年以上だれも見かけていない。おかげで安心していられた。父ちゃんとは二度と会いたくない。酔っぱらってるときにはつかまる心配はないけど、しらふのときにつかまると、いつもこっぴどくなぐられた。ただ、父ちゃんが姿をあらわしたら、ぼくはだいたい森ににげこんでいたけど。

その父ちゃんが川でおぼれ死んだのが見つかったといううわさが流れた。町から二十キロほど上流でだ。背丈がちょうどおなじくらいで、ぼろを着ていて、髪がすごくのびてたそうだ。どれもこれも父ちゃんにあてはまるけど、水に長くつかりすぎていたせいで、顔はぜんぜんわからなくなっていたという。その死体は仰向きで浮かんでいたらしい。見つけた人たちは、その死体をひき上げて、土手に埋めたんだそうだ。でも、ぼくは安心できなかった。あることに気づいたからだ。男がおぼれ死んだときには、仰向けじゃなくうつぶせに浮かぶものだ。ということは、その死体は父ちゃんじゃなくて、男の服を着た女の人だったにちがいない。それで、ぼくはまた落ち着かない気持ちになった。そのうち、きっとまた姿をあらわすだろう。そうはなってほしくないけど。

盗賊団ごっこは一か月ほどやったけど、ぼくはやめることにした。ほかのみんなもだ。だれからも盗まないし、だれも殺さないで、ただそのふりをするだけなんだから。ぼくたちは林からぬけだして、ブタを運んでる人や、市場に野菜を運ぶ女の人たちが乗った荷車を追いかけたりはしたけれど、一度もおそいかかったりはしなかった。トム・ソーヤーはブタのことを「金の延べ棒」、カブやなんかの野菜のことを「宝石」と呼んで、洞窟にもどると、分捕り品や殺して胸に印を刻みつけた人数を自慢しあった。でも、なにがおもしろいのか、ぼくにはさっぱりわからない。

あるとき、トムはなかまのひとりに火のついた棒を持たせて、町のなかを走りまわらせた。盗賊団集合の合図なんだそうだ。それから、トムは手下のスパイがさぐりだしたという秘密を明かした。つぎの日にスペインの隊商と大金持ちのアラビア人がやってきて、ケーブホロウっていう窪地に野営するという。二百頭のゾウと六百頭のラクダ、それに千頭以上のラバがいて、それぞれがダイヤモンドを積んでいる。しかも、警備をしているのはたった四百人の兵士だけなんだそうだ。そこで、待ち伏せして大勢を殺したあげくにお宝をちょうだいしようというんだ。そのために、剣や銃をぴかぴかにみがいて、準備しておかなくちゃいけないということだ。

トムはカブを積んだ荷車をおそうときにも、剣や銃をみがきたてておかないと気がすまなかった。ただ、剣といってもうすっぺらい木の板のことだし、銃だってほうきの柄なんだけど。だから、いくらみがいたところで、なんの意味もない。スペイン商人やアラブ人の大群をやっつけられるなんてちっとも思わなかったけれど、ラクダやゾウはなんとしても見てみたかった。

それで、つぎの日の土曜日、ぼくは待ち伏せに参加した。号令がくだると、ぼくたちは林からでて、一気に丘をかけおりた。けれども、スペイン商人もアラブ人もひとりもいなかった。ラクダもゾウも一頭もいない。それは、どう見ても日曜学校のピクニックで、しかもチビたちしかいなかった。ぼくたちはその子たちにおそいかかって、窪地まで追い立てた。でも、手にはいったのはドーナッツやジャムだけだった。ベン・ロジャーズは人形、ジョー・ハーパーは讃美歌集と教会のパンフレットを一冊ずつ分捕ったけど。そのあと、先生たちが追いかけてきたので、結局、それも全部ほっぽりだしてにげた。

「ダイヤモンドなんて一粒も見なかったよ」ぼくはトム・ソーヤーにいった。

「あそこにはダイヤモンドが山ほどあったんだ。アラブ人もいたし、ゾウもいた。ほか

のお宝だってあったんだよ」

「じゃあ、なんで見えなかったのさ？」

「もし『ドン・キホーテ』を読んでれば、そんなばかな質問はしないだろうな。あれはな、なにもかも魔法のしわざなんだ。あそこには兵士が何百人もいたし、ゾウもいれば、宝物もあった。けど、敵方には魔法使いがいて、おれたちに対するいやがらせで、なにもかもを日曜学校のチビたちに変えてしまったんだよ」

「わかったよ、それなら、その魔法使いをやっつければいいんだな」とぼくがいうと、トム・ソーヤーはぼくのことを大ばかものだといった。

「あのな、魔法使いは魔神をいっぱい呼び集めることだってできるんだぞ。おまえなんか、アッというまもなくばらばらに切り刻まれちゃうんだ。魔神っていうのは木みたいに背が高くて、教会みたいにがっしりしてるのさ」

「それなら、こっちだって魔神を呼びよせて、戦わせればいいよ。そしたら、敵の魔神をやっつけられるだろ」

「どうやって、魔神を呼びよせるつもりなんだ？」

「そんなの知らないよ。やつらはどうやるのさ？」

「あのな、古いブリキのランプだの、鉄の指輪だのをこすると、雷がゴロゴロ鳴って、稲光が走って、煙がモクモクと上がるなかをすっとんでくるんだ。そして、どんな命令にも従うのさ。高い塔を根こそぎひっこぬいて、それで日曜学校の校長の頭だって、だれの頭だって、平気な顔でぶんなぐるんだぞ」

「だれの命令でそんなこと、やるんだって？」

「ランプとか指輪とかをこすったやつさ。ランプや指輪をこすった人間が魔神どものご主人様になるんだよ。それで、どんな命令だってやらせることができるんだ。長さが五十キロもある宮殿をダイヤモンドで作って、そこをチューインガムでもなんでも好きなもんでいっぱいにさせて、中国の皇帝の娘をお妃にするためにつれてこいって命令したら、つぎの日の日の出前に、もう全部やっちゃうんだ。しかも、その宮殿を国じゅう、好きなところに運ばせることもできるんだぞ。わかるか？」

「ふーん、その魔神っていうのは、よっぽどの阿呆なんだな。宮殿を自分のものにしておかないで人にやっちゃうなんて。それに、もしぼくが魔神だったら、古いブリキのランプや指輪をこすったやつのために、自分の仕事をほうりだしてとんでいくなんてこと、ぜったいにしないな」

「なにをいってるんだ、ハック・フィン。もしこすられたら、なにがなんでもとんでいかなくちゃならないんだよ」

「へえー。木みたいに背が高くて、教会みたいにでかいのに？　わかったよ、じゃあいってやるよ。その代わり、呼びだしたやつをこの国でいちばん高い木のてっぺんまでのぼらせてやる」

「ふん。おまえにはなにをいってもむだだな、ハック・フィン。おまえにはなんにもわかっちゃいないんだ。どうしようもないばかだよ」

　トムの話していたことを、そのあと、二、三日考えつづけて、ほんとうかどうか、自分でためしてみることにした。古いブリキのランプと鉄の指輪を手にいれると、林のなかに持っていって、だらだら汗がでるまでこすってみた。魔神に宮殿を建てさせて、それを売っぱらおうと思ったんだ。けれども、むだだった。魔神なんてひとりもでてこない。あれもこれも全部、トム・ソーヤーの嘘だったんだ。アラブ人だのゾウだののことを、トムは本気で信じてたのかもしれないけれど、ぼくには信じられない。日曜学校できく話とおなじくらいインチキくさかった。

4

それから三、四か月がすぎて、いまはもう冬だ。ぼくはまじめに学校に通って、単語をつづったり、読んだり、すこしだけど文章も書いたりできるようになった。それに、九九で六七、三十五まではいえるようになったけど、それ以上はどんなにがんばっても無理だと思う。どっちみち、算数なんてどうでもいいと思ってるし。

はじめのうち、学校は大きらいだったけど、すこしずつがまんできるようになった。どうしてもいやでしょうがなくなってサボると、つぎの日に鞭（むち）で打たれる。すると、なぜだ

か逆に元気がでた。そうやって、だんだん学校も苦じゃなくなっていった。

ダグラス未亡人のやり方にも慣れてきて、そんなに気にならなくなった。家のなかですごして、ベッドで寝るのはすごく窮屈だったけど、寒くなる前には、ときどき家をぬけだして林で寝たので、いい息ぬきになった。むかし通りの生活がいちばんだけど、新しい生活も好きになってきた。ほんのすこしだけど。未亡人はぼくの進歩はゆっくりだけど確実だといって、すごく満足しているみたいだ。もう、ぼくのことを恥ずかしく思ったりはしないといっている。

ある日の朝ごはんのとき、ぼくはうっかり塩つぼをひっくり返してしまった。ぼくは大急ぎで手をだして、悪運をはらうために塩をひとつまみ、左の肩ごしに投げようとした。ところが、先まわりしたミス・ワトソンにじゃまされてしまった。

「手をひっこめなさい、ハックルベリー。なにをやってもめちゃくちゃなんだから」ミス・ワトソンはそういった。ダグラス未亡人がぼくをかばってくれたけれど、それだけじゃ、悪運を遠ざけることはできない。

朝ごはんがおわると、ぼくは心配で心配でしかたなくて、ガタガタふるえながら外にでた。いったい、どこでどんな災難がふりかかってくるんだろう。悪運をふりはらう方法がある場合もあるけど、塩をこぼしたときはもう手おくれだ。だから、なにもしないで、ただしょげたままぶらぶら歩きまわって、まわりに気をつけていた。

ぼくは前庭を横切って、高い木の柵を乗り越えるのに使う踏み台をのぼった。地面には三センチほどの新雪が積もっていて、そこにだれかの足跡があった。石切り場のほうからやってきて、踏み台のあたりでしばらく立ち止まり、庭の柵の外をぐるっとまわっているのがはっきりわかる。立ち止まったのになかにはいってこなかったのが、なんだか不気味だ。なぜかひどく胸さわぎがして、ぼくは足跡を追ってみることにした。でもその前に、しゃがんでじっくり足跡を見た。最初はなにも気がつかなかった。でも、じきに気づいた。ブーツの左のかかとに大きな釘で作った十字のマークがついていた。悪魔を追いはらうまじないだ。

ぼくはぴょんと立ち上がって、一気に丘をかけおりた。何度も何度もふり返ったけれど、だれも見かけなかった。ぼくはサッチャー判事の家にかけこんだ。判事はいう。

「おやおや、そんなに息を切らして、どうしたんだい？　利子を受けとりにきたのかな？」

「いいえ、ちがいます」ぼくはいった。「利子があるんですか？」

「ああ、そうなんだ。きのうの夜、半年分がはいったんだ。百五十ドル以上あるぞ。すごい大金だな。ほかの六千ドルといっしょに、投資にまわすといい。きみにわたしたら、むだ使いしてしまうだろうから」

「いいえ、使いたくありません。ぼく、全部いりません。六千ドルも全部。判事にもらってほしいんです。全部判事にあげます。六千ドルも全部」

判事はびっくりしているようだ。なにがなんだかわからないみたいだった。判事はいった。

「いったい、どういうことなんだ？」

ぼくは答えた。「お願いです、なにもきかないでほしいんです。どうか、受けとってください」

判事はいう。「それはこまったな。なにかあったのかな？」

「お願いですから、受けとって。そして、なんにもきかないで。そうしたら、嘘をつかなくてすむから」

判事はしばらく考えてからいった。

「ああ、なるほど、わかったぞ。きみはきみの財産をわたしに売りたいんだな。ただでくれるんじゃなくて。それなら、問題ない」

それから、判事は紙になにか書きつけて、読み返してからいった。

「ほら、ここに『ひきかえに』と書いてあるだろ。これはね、わたしはきみにお金をはらって、買いとったという意味なんだ。さあ、きみに一ドルあげよう。ここにサインして」

ぼくはサインをして立ち去った。

ミス・ワトソンの黒人奴隷のジムは、にぎり拳くらい大きな毛玉を持っている。雄牛の四番目の胃からでてきたもので、ジムはそれを魔法に使っている。その毛玉のなかには精霊がいて、知らないことはなにもないということだ。そこで、ぼくはその日の夜、ジムのところにいって、父ちゃんがまたもどってきたと告げた。あの雪についた足跡は父ちゃんのものなんだ。ぼくが知りたかったのは、父ちゃんがなにをするつもりなのかってことと、このままここいらにいるのかってことだ。

ジムは毛玉をとりだして、なにやら話しかけてから、高く持ち上げたと思ったら床に落とした。毛玉はドスンと落ちて、ほんの何センチかしかころがらなかった。ジムはもう一度おなじことをした。それからもう一度。毎回、おんなじ結果だった。ジムはひざまずくと、毛玉に耳をおしつけてじっときいている。でも、なんの役にも立たなかった。毛玉はなにもしゃべらなかったらしい。

「ときには、お金をはらわないとしゃべらないことがあるんだ」とジムはいった。

「つるつるにすりへって下の真鍮がちょっぴり見えてるにせの二十五セント硬貨なら持ってるけど。真鍮が見えてなくても、つるつるしすぎてすぐににせものだってばれるから、役には立たないと思うけど」ぼくはそういった。判事からもらった一ドルのことはぜったいいわないつもりだ。「でも、もしかしたら、毛玉の精霊にはちがいがわからなくて、気づかないで受けとるかもしれないよ」ともいってみた。

ジムはにおいをかいだり、かじってみたり、こすってみたりしたあげく、毛玉に本物だと思わせるようになんとかやってみようといった。

ジムがいうには、生のジャガイモを半分に割って、そこに硬貨をはさんだまま一晩おいておけば、朝には真鍮が見えなくなっていて、つるつるでもなくなっているんだそうだ。そうなると、毛玉だけじゃなく、町の連中だってすぐに受けとってくれるはずだっていう。ジャガイモを使うとそんなことができるって話は前にきいたことがあったのに、忘れていた。

つぎの日、ジムは硬貨を毛玉の下に置いて、もう一度耳をおしあてた。今度はうまくいったといっている。もし、知りたいんなら、ぼくがこれからどうなるかも全部教えてくれるといった。ぼくはききたいといった。それで、毛玉がジムに話して、ジムがぼくに話してくれた。

「おまえさんのおやじは、いまんとこまだ、自分でもなにをするつもりかわかっちゃいない。とっとといっちまおうかと思ったり、しばらくいすわろうかと思ったり。いちばんいいのは、そのまま放っておいて、好きにさせることだよ。いまは、おやじさんのまわりをふたりの天使がとびまわってるところなんだ。ひとりは白くてピカピカ光ってて、もうひとりはまっ黒だ。白いほうがまともな道にいかせようとすると、しばらくあとには、黒

いほうがひっくり返してしまうのさ。最後にどっちの天使が勝つのかは、まだだれにもわからない。だが、おまえさんはだいじょうぶだよ。おまえさんは、とんでもないやっかいごとにも巻きこまれるんだが、とんでもないよろこびも手にいれるのさ。けがをしたり、病気になったりもするだろうが、そのたびに、ちゃんと元気になるだろう。おまえさんの人生には、女の子がふたりとびまわってる。ひとりは色白で、もうひとりは浅黒い。ひとりは金持ちで、もうひとりは貧乏だ。おまえさんは、最初、貧乏なほうと結婚するんだけども、そのあとで、金持ちのほうと結婚する。おまえさんは、なるったけ水を遠ざけたほうがいいぞ。くれぐれもむちゃはしないこった。

おまえさんはしばり首にされるんだからな」

その日の夜、自分の部屋にもどってロウソクに火をつけると、そこに、父ちゃんがすわっていた！

5

ぼくはドアをしめた。それから、ふり返って父ちゃんを見た。これまでずっと、父ちゃんがこわくてしかたなかった。さんざん、なぐられてきたからだ。今度もやっぱりこわいんだろうと思ってた。でもすぐに、そうでもないことに気づいた。あんまり急だったものだから、最初は息が止まるぐらいびっくりしたけれど、そんなにこわいと思ったわけじゃない。

父ちゃんは五十歳ぐらいになるはずで、実際に見た目もそんな感じだった。髪はぼさぼさにのびていて、べたべたによごれている。前髪をたらしているものだから、やぶのかげからぎらぎら光る目だけがのぞいているみたいな感じだ。髪は白髪一本なくて黒々している。長くのびてからみあったひげもまっ黒だ。すこしだけ見える顔の色は白い。ただ白いんじゃなくて、見ているだけで気分が悪くなるような、寒気が走るような白だ。アマガエルや魚の腹みたいな色だ。

身につけているのはぼろきれみたいなものだけど、足を組んですわっているんだけど、ひざに乗せているほうのブーツの足先はパックリ口をあけていて、指が二本突きだしている。そして、その指がときどきもぞもぞ動く。床に置いてある古ぼけた黒いフェルト帽は、てっぺんがふたみたいにへこんでいる。

ぼくは立ったまま父ちゃんを見ていた。父ちゃんは椅子をすこしうしろにかたむけて、すわったままぼくを見上げている。ぼくはロウソクを置いた。窓があいているところを見ると、物置小屋の屋根からしのびこんできたんだろう。父ちゃんは、ぼくをじろじろと見ている。しばらくしてから口をひらいた。

「ずいぶん、パリッとした服じゃねえか。自分がえらくなったつもりになってんじゃないのか、え?」

「そうかもしれないし、そうじゃないかもしれない」

「おれにむかって、なまいきいうんじゃねえ。おれがいないあいだに、ずいぶん気どりやがって。ただじゃすまねえからな。それにおまえは、学校にもいってるらしいじゃないか。読み書きができるんだってな。おれが読み書きできないからってんで、おやじよりえらくなったと思ってるんだろ？　根性たたき直してやるからな。おまえにそんなくだらねえことを吹きこんだのは、いったいどこのどいつなんだ、え？」

「未亡人だよ」

「未亡人だと？　その未亡人に、赤の他人にそんなおせっかいをしていいっていったのはだれなんだよ？」

「だれもいってないよ」

「なら、そんなことをしたらどうなるか、おれがその未亡人に教えてやろうじゃねえか。それと、おまえは学校をやめるんだぞ、いいな？　人の子におやじよりえらいんだと思わせるようにしむけたやつらには、思い知らせてやる。おまえが学校のまわりをほっつき歩いてるのを見かけたら、痛い目にあわせてやるから覚悟しとけよ。わかったな？　おまえの母親は読むことも書くこともできなかったんだ、死ぬまでな。家族みんながそうだ。おれだってそうだ。それがおまえときたら、つけ上がりやがって。おれは許さねえからな。わかったな？　おい、ちょっと読んでみせろ」

ぼくは本を手にとって、ワシントン将軍と戦争の話を読みはじめた。三十秒も読まないうちに、父ちゃんは手で本をはらいのけて、部屋のすみまでふっとばした。

「なるほどな。おまえはたしかに読めるんだな。最初はそんなはずはねえと思ったんだがな。いいか、よくきけ、調子に乗るのはおしまいだ。おれが許さねえ。ちゃんと見張ってるからな。かしこいおぼっちゃんよ。おまえが学校にいくところを見つけたら、痛めつけてやる。このぶんじゃ、いまに宗教にもかぶれやがるぞ。とんでもねえガキだ」

父ちゃんは、青と黄色で描かれた牛と男の子の小さな絵を手にとっていった。

「これはなんなんだ？」

「勉強が進んだからって、ごほうびにもらったんだ」

父ちゃんはその絵をビリビリと破いた。

「ごほうびに、おれがもっといいものをやるよ、牛革の鞭だ」

それから、ぶつぶつがみがみ一分ほどつづけたあとにいった。

「すっかりめかしこみやがって。ベッドにシーツに鏡だと？　おまけに床にはカーペッ

トときた。父親はなめし革(がわ)工場でブタといっしょに寝(ね)てるってのにな。こんなガキ、見たことねえや。おまえと縁(えん)を切る前に、思い知らせてやるからな。まったく、どこまでもつけ上がりやがって。おい、おまえは金持ちになったっていうじゃないか。どうなんだ?」

「そんなの嘘(うそ)だよ」

「この野郎(やろう)、口のきき方には気をつけろよ。いいかげんがまんの限界(げんかい)なんだからな。口ごたえするんじゃねえ。ここにもどってからの二日間、どこにいってもおまえが金持ちになったって話でもちきりなんだよ。川下でも耳にしたぞ。だから、もどってきたんだよ。その金、あした、おれにわたせ。いいな?」

「金なんか持ってない」

「嘘(うそ)つくんじゃねえ。サッチャー判事(はんじ)のところにあるだろ。それを持ってこい。おれがもらってやる」

「だから、そんな金、ないんだよ。サッチャー判事にきけばいい。判事だってそういうから」

「ああ、そうかい。それならきこうじゃねえか。そんで、金を受けとるさ。それが無理だってんなら、しっかりわけをきかせてもらおう。それで、おまえはいまいくら持ってるんだ？ それをよこせよ」

「一ドルだけだよ。だけど、これはぼくが……」

「おまえがどうしたいかなんか関係ねえ。つべこべいわないでだすんだ」

父ちゃんはその一ドルを受けとると、本物かどうか歯でかんでたしかめ、ウィスキーを買いにいくといった。一日じゅう一滴も飲んでいないんだそうだ。窓から物置小屋の屋根にでた父ちゃんは、もう一度頭をつっこんでいった。

「学校のことを忘れるな。ちゃんと見張ってて、もし見つけたらたたきのめすからな」

つぎの日、父ちゃんは酔っぱらってサッチャー判事のところにいった。さんざんおどして、金を巻き上げようとしたけど、それが無理だとわかると、訴えてやるとわめきたてたらしい。

判事とダグラス未亡人は、逆に、ぼくを父ちゃんからひきはなして、どちらかが後見人になれるよう裁判所に訴えた。ところが、新しくやってきたばかりの裁判官は、父ちゃんのことはなにも知らない。それで、裁判所が家庭の問題に立ちいったり、家族をバラバラにしてはならないから、ぼくと父ちゃんをひきはなすことはしたくないといった。サッチャー判事と未亡人はあきらめるしかなかった。

これは父ちゃんをじっとしていられないくらいよろこばせた。父ちゃんは、サッチャー判事から金をひっぱりだしてこなければ、体じゅうあざだらけになるまで鞭でたたいてやるといった。ぼくはサッチャー判事から三ドル借りてきた。父ちゃんはその金で酔っぱらって、夜中まで大声でどなったりわめいたりして町じゅう歩きまわった。しかも、ブリキの鍋をたたきながら、というしまつだ。そのせいで、つぎの日には裁判所にひったてられて、一週間牢屋にいれられることになった。それでも、父ちゃんはちっともこりていなかった。息子のボスはおれなんだから、おれの好きなようにするんだといいはった。

牢屋からでてくると、新しい裁判官が父ちゃんをりっぱな男にしてみせるといった。裁判官は父ちゃんを自分の家につれていって、清潔でしゃれた服を着せ、その日一日、朝昼晩、家族といっしょにごはんを食べ、お客さんあつかいした。夕食のあとには、禁酒やな

んかについて話してきかせた。しまいには、父ちゃんが泣きだして、おれはばかだった、人生をむだにしてきたけれども、これからは心をいれ替えて、だれにも恥ずかしくない人間になるからどうか助けてください、見捨てないでくださいといったらしい。それをきいた裁判官も、抱きしめたいぐらいだといって泣いたものだから、奥さんまで泣いた。おれはこれまで誤解されるようなことばっかりしてきたというと、裁判官はそのことばを信じた。父ちゃんが、おちぶれた人間に必要なのは同情なんですというと、裁判官はその通りだといって、また泣いた。寝室にひ

っこむ時間になると、父ちゃんは立ち上がって手をさしだしながらいった。

「どうかこの手を見てください。そして、しっかりにぎってください。これはブタの手でした。でも、いまはちがいます。これは新しい人生を歩きはじめて、元にもどるくらいなら死んだほうがいいと思っている男の手です。どうかおれのいったことばを忘れないでください。この手はいまやもうきれいな手です。こわがらないで握手してください」

こうして、まわりにいた人みんながつぎつぎに握手をして泣いた。裁判官の奥さんはその手にキスまでした。それから父ちゃんは、宣誓書にサインをした。字は書けないので、印をつけたってことだけど。裁判官はこれは、これまでになかったぐらい神聖な時間だったといった。そのあと、父ちゃんはお客用のとてもきれいな寝室に案内された。

ところが、夜おそくなって、すごく喉がかわいたものだから、父ちゃんは窓からポーチの屋根にでて、柱をすべりおりると、新しい服を安酒と交換して、また部屋にもどってきた。しばらく気分よくすごしたあと、日の出前にもう一度部屋をぬけだそうとしたら、べろんべろんに酔っぱらっていたせいで、ポーチからころげ落ちて、左腕の骨を二か所で折ってしまった。日がのぼって、見つかったときにはこごえ死にしそうだったそうだ。家の人がお客用の寝室をのぞいてみると、足の踏み場もないほどちらかっていた。

裁判官はかんかんに腹を立てた。父ちゃんを改心させるには、ショットガンを使うしかないだろうといったらしい。

6

父ちゃんはあっというまに元通り元気になった。そして、裁判でサッチャー判事からお金をとり返そうとしたり、学校をやめないからといってぼくのところにきたりするようになった。何度かつかまってなぐられたけど、ぼくは学校に通いつづけた。父ちゃんをさけたり、父ちゃんからにげたりするのはそんなにむずかしくなかったからだ。前は学校になんかいきたくなかったのに、父ちゃんがいやがるのを見たくていってるのかもしれない。裁判っていうのは時間のかかるものらしくて、なかなかはじまる気配もなかった。なの

で、鞭で打たれるのをさけるために、しょっちゅうサッチャー判事のところにいっては、二ドルとか三ドルとか借りて、父ちゃんにわたした。お金をわたすたびに父ちゃんは酔っぱらって、酔っぱらうたびに町で大さわぎして、大さわぎするたびに牢屋にいれられた。父ちゃんはそれで大満足だ。まったく父ちゃんらしい話だ。

父ちゃんはダグラス未亡人の家のまわりもうろつくようになった。あんまりしょっちゅうなので、しまいには未亡人が父ちゃんに、いいかげんにしないと、ただじゃすみませんよといいわたした。これには、父ちゃんもすっかり頭にきて、ハック・フィンのボスがだれなのか、わからせてやるといった。

そして、春になったある日、ぼくは待ち伏せしていた父ちゃんにつかまってしまった。それから、ボートに乗せられて、川を四、五キロほどさかのぼったイリノイ州側の岸につれていかれた。そこは家なんか一軒も建っていない森で、ぽつんとある古い丸太小屋は森の奥にあるから、はじめっから知っていないかぎり、だれにも見つけられないだろう。

父ちゃんがいつも目を光らせているので、にげだすことはできない。ぼくたちが暮らしはじめたその古い丸太小屋のドアにはいつも鍵がかかっていて、夜は父ちゃんがその鍵を自分の枕の下にかくして寝た。父ちゃんは、たぶん盗んできた銃を一丁持っていた。ぼくたちは魚をとったり、猟をしたりしてすごした。父ちゃんはときどき、ぼくを小屋にとじこめて、五キロほど下った船着き場の店にいって、魚や猟の獲物をウィスキーと交換して持ち帰り、酔っぱらってはぼくをなぐった。

　そのうち、ダグラス未亡人がぼくたちの居場所をつきとめて、人をよこしてぼくをとりもどそうとしたけれど、父ちゃんが銃で追いはらった。じきにぼくも、そこでの生活に慣れてきて、だんだん好きになっていった。父ちゃんに鞭で打たれるってところはいやだけど。

　この生活は、なんていうか、のんびりしてて楽しいんだ。一日じゅうゴロゴロ寝ころんだり、タバコを吸ったり、魚を釣ったりしていてよくて、教科書も授業もない。二か月かそれ以上たつころには、着ていた服もすっかりぼろぼろになって泥だらけになっていた。いまとなっては、未亡人の家にいたときの生活を、なんであんなに気にいってたのか、自分でもさっぱりわからない。なにしろ、あの家では体を洗わなくちゃいけないし、食べ物は皿から食べて、髪の毛は櫛でとかなくちゃいけない。それに、寝るのも起きるのもきまった時間じゃなくちゃいけないし、勉強のことではいつもガミガミいわれるし、ミス・ワトソンにもひっきりなしにいじめられてたんだから。

もう、あそこにはもどりたくなかった。ダグラス未亡人がいやがるから、きたないことばを使うのはやめてたけど、いまではまた使ってる。父ちゃんはぜんぜん気にしないからだ。あれやこれや考えると、森での暮らしはけっこう楽しいってことだ。

ところが、そのうち、鞭で打たれる回数がものすごくふえてきて、がまんできなくなってきた。体じゅうミミズばれだらけだ。ぼくを小屋にとじこめて、外にでかける回数も多くなった。一度など、三日も帰ってこなくて、おそろしいほど心細かった。きっと、父ちゃんは川でおぼれてしまったんだ、ぼくももう、ここからはでられないんだと思った。すごくこわかった。

それで、なんとかしてにげだそうと決心した。これまでにも何度もためしていたけれど、一度も成功したことはない。窓は子犬一匹だって通れないほど小さいし、煙突はせますぎてのぼれない。ドアは分厚いオークの板でできている。それに、でかけるとき、父ちゃんはナイフ一本、小屋にのこしていかないように気をつけていた。たぶん、もう百回以上は小屋じゅうを調べたと思う。とじこめられているあいだは、それ以外に時間をつぶす方法がないんだから、それもとうぜんだ。

けれども、今回はとうとういいものを見つけた。柄のついていないさびたノコギリの刃だ。小屋の梁と天井の羽目板のあいだにはさまっていた。ぼくは刃に油を塗って仕事にとりかかった。小屋の奥にあるテーブルのうしろの壁には、古い馬用の毛布が釘で打ちつけてある。すきま風が吹きこんで、ロウソクの火が消えるのをふせぐためのものだ。ぼくはテーブルの下にもぐるとその毛布をめくり上げ、いちばん下の太い丸太を切りにかかった。ぼくが通りぬけられるだけの広さが必要だ。ずいぶん時間がかかったけれど、ようやくあとすこしというところで、森のなかで父ちゃんの銃の音がした。作業のあとをすっかりわからなくして毛布をおろし、ノコギリをかくしたそのすぐあとに、父ちゃんが小屋にはいってきた。

父ちゃんはふきげんそうだった。いつもとおなじってことだ。町までいってきたけど、なにもかもがうまくいかなかったようだ。父ちゃんの弁護士は、裁判がはじまりさえすれば、勝ってお金を手にいれられるといっているのに、その裁判がいつまでたってもはじまらない。サッチャー判事はひきのばす方法をよく知っているんだ。それに、その弁護士がいうには、どうやら、ぼくを父ちゃんからひきはなして、ダグラス未亡人を後見人にしてひきわたすための裁判がまたはじまるっていううわさが流れていて、今度こそは未亡人が勝ちそうなんだという。それをきいてぼくはぞっとした。未亡人のところにはもどりたくない。しめつけられて、お行儀よくさせられるのは、もうごめんだ。

父ちゃんは思いつくかぎりのあらゆること、あらゆる人をののしりはじめた。それから、ひとつももらさないように指折り数えながら、おなじことを何度も何度もくり返して、しまいには、仕上げとして世間全般に対するようなののしりことばを吐いた。そのなかには、名前も知らないような人も山ほどふくまれていたけれど、そんな人のことはドイツモコイツモですませて延々つづけた。

父ちゃんは未亡人がぼくをつれもどしにやってくるのを見てみたいもんだといった。ずっと見張っていて、なにかしかけてきやがったら、十キロほどはなれたところにある秘密

の場所におまえをかくしてやるんだ、といった。そこは、必死になってさがしても見つからないような場所なんだそうだ。それをきいて、ぼくはまたあせりはじめた。でも、それもほんの短いあいだのことだ。父ちゃんにそこへつれていかれる前ににげだしてやる。

父ちゃんは、ボートまでいって積み荷をとってこいといった。ひきわりトウモロコシ二十キロにベーコンのかたまり、鉄砲の弾やウィスキー十五リットル、鉄砲の詰め物に使う古本と新聞紙、麻くずがあった。それらを全部ボートからおろすと、ボートの舳先に腰を下ろしてひと休みした。そこでじっくり考えた。父ちゃんからにげるときには、銃と釣り糸を持って森にかくれよう。一か所にはとどまらないで、なるべく夜のあいだに動きまわるんだ。そして、魚をとったり猟をしたりで食いつないで、父ちゃんや未亡人にはぜったいに見つからない遠くまでいく。

もし、父ちゃんが十分に酔っぱらえば、丸太を切りおえて今夜じゅうにぬけだせるだろうと思った。きっと酔っぱらうだろう。そんな考えに夢中になっていたら、すっかり時間を忘れてしまって、父ちゃんのどなり声がきこえてきた。

「おいハック、きさま眠ってるのか、それともおぼれちまったのか」

ぼくは荷物を全部、小屋に運びこんだ。あたりはもう暗い。ぼくが晩ごはんを作っているあいだに、父ちゃんはウィスキーをひと口、ふた口飲みはじめている。酔いがまわってくると、またさわぎはじめた。町で飲んだくれて、ひと晩じゅうどぶで寝ていたせいで、ひどいありさまだ。体じゅう泥だらけだから、泥から作られたばかりのアダムみたいだ。酔っぱらうと、父ちゃんはいつも政府の悪口をいう。今回はこんな感じだ。

「ふん、なにが政府だ！　それがどんなもんだか、よく見てみろよ。法律をたてに、息子をうばいとろうっていうんだからな。苦労して、いつも気にかけて、金もかけて育て上げた実の息子を、だぞ。ようやく大きくなって、これから親のために稼いで、楽にさせてくれるってときになって、法律でとり上げようってんだぞ。なにが政府だ！　それだけじゃねえぞ。法律はあのサッチャー判事の野郎に味方して、おれの財産をよこさねえんだ。なにが法律だ。その法律が六千ドル以上の値打ちのある人間を、こんなぼろ小屋にとじこめて、ブタにだって着せられないような服を着させてるんだぞ。それが政府のやることだ！　こんな政府の国じゃ、人間の権利なんてもんは手にはいらねえんだ。

ときどき思うんだ。こんな国、とっととおさらばして、二度ともどってくるもんか、ってな。ああ、そうさ。やつらにもそういってやったんだ。サッチャー判事の野郎にな。その場できいてたやつはたくさんいるぞ。おれはいったのさ、こんなひどい国、おさらばして二度とよりつきもしないってな。その通りのことばでいったんだ。それからこうだ。おれの帽子を見てみろ。帽子ってしろものじゃねえが、てっぺんはめくれ上がって、あとはあごの下までたれ下がってやがる。こんなもの、帽子でもなんでもねえ。煙突に頭をつっこんでるようなもんじゃねえか、ってな。町でいちばんの金持ちが、こんな帽子をかぶってなくちゃならねえんだぞ。おれの権利が守られてないせいでな。そういってやったんだ。

ふん、まったくりっぱな政府だよ。ごりっぱなもんだ。いいか、よくきけ。オハイオ州からきた自由の身の黒人がいるんだ。まあ、黒人と白人の血がまじってるんだが、白人とおなじくらい肌の白いやつだ。こいつはな、見たこともねえようなまっ白のシャツを着て、ピカピカの帽子をかぶって、あんなに高級な服を着てるもんは町じゅうさがしてもいねえぞ。しかも、金の鎖をつけた金時計を持って、銀のにぎりのステッキをついてやがる。州でいちばんの白髪頭の金持ちなんだとよ。それだけじゃねえんだ。大学の教授をやって て、どの国のことばもペラペラで、知らないことはなんにもないっていうんだぞ。その上、オハイオ州じゃ、選挙で投票もできるっていうんだからな。とんでもねえ話だ。

　この国はいったいどうなっちまうんだ？　その日はちょうど選挙の日で、おれも酔っぱらってなきゃ投票しにいくつもりだったんだ。そこへきて、この国には黒人が投票できる州があるってきいたもんだから、やめにした。おれは、この先二度と投票なんかしないっていってやったよ。そのまんまのことばでだぞ。みんなきいてたよ。この国がどうなろうと知ったこっちゃねえ。おれは生きてるかぎり、二度と選挙にはいかねえ。あの野郎、すました顔をしやがって。おれがおしのけなきゃ、野郎、道をゆずったりはしねえだろうな。おれはみんなにいってやったよ。なんでこいつを競売にかけて売りとばさねえんだ？　ってな。ほんとに知りたかったんだよ。そしたら、やつら、なんていったと思う？　この州に半年以上いないうちは、売れないんだとよ。やつはまだそんなにはいないってことだ。これがいい見本だ。この州に半年以上いない黒人は、売りとばすこともできないってのが、この国の政府なんだよ。自分で政府と名乗って、政府づらして、りっぱな政府のつもりでいるんだろうが、丸々半年のあいだ、白いシャツを着てうろつきまわる盗人の性悪な黒人を、指をくわえてほったらかしなんだぞ」

父ちゃんはしゃべるのに夢中で、自分のふらつく足がどこにむかって歩いてるのかにも気づいていない。そのせいで、ブタの塩漬けの樽のむこう側に頭からさかさまにたおれこんで、両足のすねをすりむいた。

そのあとの口ぎたなさといったらひどいものだった。ほとんどが黒人と政府にむけられることばだったけれど、塩漬けの樽にもときどきあたりちらした。父ちゃんはしばらく小屋のなかをぴょんぴょんとはねまわった。最初は片足ではねて、とちゅうで足を変える。最初は片方のすねを手でおさえて、とちゅうで反対のすねをおさえていたけれど、しまい

には、とつぜん左足で塩漬けの樽を思いっきりけとばした。やめときゃよかったのにと思う。だって、左足のブーツの先は口をあけていて、指が二、三本はみだしているんだから。父ちゃんは身の毛もよだつような悲鳴をあげて床にたおれ、足の指をおさえながらころげまわった。そのあとののしりことばといったら、それまでのどんなものよりはげしかった。

あとになって、父ちゃんは自分でもそういっていた。父ちゃんは口ぎたないことで有名なソーベリー・ヘーガンじいさんの全盛期を知ってるらしいんだけど、その夜の自分は、じいさんを上まわっていたという。でも、それはすこし大げさなんじゃないかと思う。

晩ごはんのあと、父ちゃんはウィスキーの瓶をつかんで、これだけあれば、二回酔っぱらって、一回まぼろしを見られるぞといった。父ちゃんの口癖だ。たぶん、一時間もすれば、酔いつぶれてしまうだろうから、鍵を盗むか、ノコギリで丸太を切るかして、外にでられる。父ちゃんは飲みつづけて、やがて毛布の上に寝ころがった。でも、運はむいてこない。ぐっすり寝てくれないし、なんだか落ち着きがない。長いあいだ、うなったりうめいたり、寝返りを打ったりしている。とうとう、ぼくも眠くなってきて、目をあけていられなくなった。いつのまにか、ロウソクを灯したまま、ぐっすり寝いってしまった。

どのぐらい眠っていたのかわからないけれど、とつぜんのものすごい叫び声ではっと目がさめた。父ちゃんがおそろしい形相であちこちとびはねながら、ヘビがどうの、と叫んでいる。ヘビが足をよじのぼってくるといって、とび上がっては悲鳴をあげ、一匹がほっぺたにかみついたといっている。でも、ヘビなんかどこにもいない。父ちゃんは小屋じゅう走りまわってどなりつづけた。

「こいつをとってくれ！　首にかみついてるんだ、とってくれ！」

こんなものすごい目つきの父ちゃんは、見たことがない。とうとう、くたくたに疲れた父ちゃんはたおれこんで、息をハアハアついている。それから、ものすごいいきおいでごろごろころがりはじめた。悲鳴をあげ、悪魔にとりつかれたと叫びながら、めちゃくちゃにけったり、両手をふりまわしては空中でなにかをたたいたり、つかんだりしている。

とうとう、疲れ果てて、しばらくのあいだ、うめき声をあげてじっと寝そべっていた。それから、声もあげずに横たわったままになった。森のどこかから、フクロウの鳴く声とオオカミの遠吠えがきこえた。不気味なほど静かだ。そのうち、小屋のすみにたおれていた父ちゃんが、すこしだけ体を起こして、首をかしげてなにかにききいっている。父ちゃんは、すごく小さな声でいった。

「ドスン、ドスン、ドスン。あれは死神だ。ドスン、ドスン、ドスン。やつらがおれのところにやってくる。だけど、おれはいかねえぞ。ちくしょう、きやがった！　さわるな！　手をはなせ！　冷たいじゃないか。はなしてくれ。たのむから、ほっといてくれ！」

つぎに両手両足をついてはいまわり、かんべんしてくれと拝んでいたかと思うと、体に毛布を巻きつけて、古いマツ材のテーブルの下にもぐりこみ、なおも拝みつづけている。そして、しまいには泣きはじめた。毛布をかぶっていても、その声はちゃんときこえた。しばらくすると、父ちゃんはテーブルの下からころがりでてきて、すごい顔つきでいきおいよく立ち上がると、ぼくにむかってきた。手に折りたたみナイフをにぎって、死神め、殺してやる、二度とおれにおそいかかれなくしてやる、といいながら、部屋じゅうぼくを追いかけまわした。父ちゃん、ぼくはハックだよ、といくらいっても、父ちゃんは気味の悪い声で笑ったり、ののしったりしながら追いかけてくる。父ちゃんのわきをすりぬけてにげようとしたら、ジャケットの首根っこをつかまれてしまった。もうだめだと思ったけれど、するりとジャケットをぬぎ捨てたので助かった。父ちゃんはすぐに疲れてきて、ドアを背にへたりこんでしまった。ひと休みしたら、殺してやるといっている。父ちゃんはナイフをしりの下に敷くと、ひと寝いりして元気になったら、決着をつけてやるからな、といった。

父ちゃんはあっというまに寝いってしまった。ぼくはなるべく音を立てないように気をつけながら古い籐椅子にのって、銃をおろした。弾がこめられているのをたしかめると、銃口を父ちゃんにむけて、カブの樽の上に銃を置いた。そして、樽のうしろにすわって、父ちゃんが起きるのを待った。待っている時間は、ものすごく長かった。

「おい、起きろ！　なにやってんだ！」

ぼくは目をあけて、あたりを見まわし、自分がどこにいるのか思い出そうとした。太陽はもうのぼっている。ぼくは居眠りしてしまったようだ。父ちゃんがぼくにおおいかぶさるように立っている。きげんが悪そうだし、顔色も悪い。父ちゃんはいった。

「その銃はなんのつもりだ？」

どうやら、きのうの夜、自分がなにをやったのか、ぜんぜん覚えていないみたいだ。そ

れで、ぼくはいった。

「だれかが、小屋におしいろうとしたんだ。だから、待ちかまえてた」

「なんで、おれを起こさなかったんだ？」

「起こそうとしたよ。だけど、起こせなかったんだよ」

「ああそうか、まあ、いいだろ。いつまでもそこでむだ口きいてないで、朝めしの魚がかかってないか見てこい。おれもすぐいくから」

父ちゃんが鍵（かぎ）をあけたのでぼくは外にでて、川の土手をのぼった。川には木の枝（えだ）やなんかが流れていた。木の皮もまじっている。川が増水（ぞうすい）しはじめてるんだ。町にいるのならよかったのにと思った。六月になって川の水位が上がると、いつもいいことがあったからだ。川が増水すると、すぐに薪（まき）にちょうどいい枝だの、ばらけた筏（いかだ）の丸太だのが流れてくる。運が良ければ、丸太が十本以上つながったまま流れてくることもあった。それをつかまえて貯木場（ちょぼくじょう）や製材所（せいざいじょ）に売れば、ひともうけできるんだ。

ぼくは片目（かため）で父ちゃんがこないか気にかけ、もう片方（かたほう）の目で増水（ぞうすい）でなにか流れてこないかさがしながら土手の上を歩いた。すると、すぐにカヌーが流れてきた。とてもきれいなカヌーだ。長さが四メートルほどで、カモみたいに軽々と浮（う）いている。ぼくは、服を着たまま、カエルみたいに川にとびこんで、カヌーめがけて泳いだ。カヌーの底に、だれかが寝そべっているかもしれないと、覚悟はしていた。近よると、急に起き上がってゲラゲラ笑いだす。そんなふうに人をからかうやつはよくいるからだ。

でも、今度はちがった。まちがいなく増水のせいで流されたカヌーで、だれも乗っていなかった。ぼくはそのカヌーに乗りこんで、川岸に漕ぎよせた。このカヌーを見たら、父ちゃんは大よろこびするだろう。十ドルぐらいの値打ちはあるからだ。けれども、岸についてもまだ父ちゃんの姿は見えなかった。

ツタやヤナギの木がおおいかぶさるように生えている細い水路にカヌーをいれながら、いいことを思いついた。このカヌーをしっかりかくしておけば、小屋をにげだしたとき、森のなかを歩かずにすむ。カヌーで何十キロか下って、そこでずっとキャンプをはっていればいい。そうすれば、わざわざ歩きまわるなんていう苦労はしなくてすむ。

その水路は小屋のすぐそばなので、何度も父ちゃんがやってくる音をきいたような気がした。それでもなんとかカヌーをかくした。やぶからぬけだすと、ヤナギの木のすきまから父ちゃんが銃をかまえて鳥をねらっているのが見えた。気づかれずにすんだってわけだ。父ちゃんが近づいてきたとき、ぼくはしかけ針の糸をけんめいにたぐっていた。父ちゃ

んには、なにをもたもたしてるんだと文句をいわれたけれど、川に落ちたせいで時間がかかってしまったといっておいた。どうせ、服がぬれているのには気づくだろうし、そのいいわけにもなる。ふたりでナマズを五匹ひき上げて小屋にもどった。
　朝ごはんのあと、ふたりとも疲れていたのでひと眠りしようということになった。寝ころがって、父ちゃんにもダグラス未亡人にも追いかけられずにすむ方法はないだろうかと考えた。もし、いい方法があれば、運にまかせてひたすら遠くまでにげるよりは、ずっと確実だ。にげまわるだけじゃ、なにが起こるかわからないし。最初は、なにも思い浮かばなかった。しばらくすると、

父ちゃんが目をさまして、水をがぶがぶ飲んでからいった。

「今度また、だれかがこのあたりをうろつきまわったら、おれを起こすんだぞ。わかったな？　どうせ、そいつはろくでもないやつにきまってる。一発くらわしてやるさ。いいな、今度はちゃんと起こせよ。わかったな？」

父ちゃんはそういって、また眠（ねむ）ってしまった。でも、父ちゃんのことばをきいて、いいことを思いついた。しっかり計画を立てて実行すれば、だれもぼくを追いかけようなんて考えないはずだ。

十二時ごろ、ぼくらは外にでて、川の土手を歩いた。増水（ぞうすい）のいきおいはどんどん増（ま）していて、たくさんの木が流れてくる。やがて、丸太の筏（いかだ）の一部が流れてきた。丸太九本がしっかりつながったままだ。ぼくたちはボートをだして、その筏を川岸にひっぱってきた。それから昼ごはんを食べた。父ちゃん以外の人なら、流れてくるものをもっとたくさん集めようと、昼ごはんぬきで待ちかまえるんだろうけど、父ちゃんはそうじゃない。一度に丸太を九本も手にいれたら、それでもう十分だ。すぐにでも町に売りにいかないと気がすまない。

三時半ごろ、父ちゃんはぼくを小屋にとじこめると、ボートで筏（いかだ）をひっぱっていった。

きっと朝まで帰ってこないだろう。ちゃんといってしまうまで待って、ノコギリをとりだすと、小屋の丸太を切る作業にとりかかった。父ちゃんがまだむこう岸にたどり着かないうちに、ぼくは穴から外にはいだした。父ちゃんと筏が、遠くにぽつんと点のように見えた。

　ぼくはひきわりトウモロコシの袋をかついで、カヌーのかくし場所まで運んだ。ツタや木の枝をおしのけてカヌーにのせる。それから、おなじようにベーコンのかたまりもウィスキーの瓶もつみこんだ。ありったけのコーヒーと砂糖、銃の弾丸、銃の詰め物、バケツにひょうたん、ひしゃくとブリキのコップ、ぼくが見つけたノコギリに毛布二枚、フライパンとコーヒーポットも。それ以外にも、釣り糸やマッチ、一セントでも値打ちがありそうなものはなにもかも持ちだしてカヌーに積んだ。小屋はからっぽになった。斧もほしかったけど、薪の山のところに一丁あるだけで、これはぼくの計画のために置いていかなくちゃならない。最後に銃をつかんだ。

　丸太にあけた穴からいろんなものをひきずりだしたせいで、地面がずいぶん荒れてしまった。そこで、小屋の外側のすべすべになったところや、ノコギリでひいたおがくずをかくすために、なるべくていねいに土をかけた。それから、切りとった丸太を元のところにもどして、地面から浮かないように下に石を二個と反対側から一個詰めた。これで、すこしはなれたところから見ただけでは、切られたとは思わないだろう。どっちみち、わざわざ小屋の裏までふらふらやってくるもの好きはいないだろうけど。

カヌーまではずっと草が生えているから、足跡はのこっていない。一応、たどってたしかめた。土手の上に立って、川の上も見わたした。だれもいない。そこで銃を持ってすこしばかり森に踏みこんだ。鳥がいないかとさがしていたら、野生のブタを一匹見つけた。農場からにげだしたブタは、川沿いの低地ですぐに野生化してしまう。ぼくはそのブタを撃って小屋まで運んだ。

ぼくは薪の山のところにあった斧をつかむと、それでドアをぶちこわした。めちゃくちゃになるまで何べんも必死でたたきつづけた。それから、ブタをテーブルのそばに持っていくと、斧で喉を掻っ切った。床にころがすと、血がどんどん流れる。床といっても、床板なんかない、硬く踏み固められた地面なんだけど。血がでなくなると、古い袋を持ってきて、大きな石をたくさんつめた。その袋をなんとかブタのところまでひきずっていくと、そこを出発点に、ドアを通って森のなかまでひきずって、川に放りこんだ。袋は沈んで見えなくなった。だれが見ても、なにかが地面をひきずられていったってことがはっきりわかるだろう。トム・ソーヤーがいたらおもしろかったのにと思った。トムはこんな悪だくみが大好きで、もうひと工夫考えついたかもしれない。こういったことに関して、トムほど知恵のまわるやつはいないから。

そのあと、仕上げに自分の髪をすこしぬくと、血まみれにした斧の刃の背にくっつけて、小屋のすみに放り投げた。それから、血がたれないようにジャケットで包んでブタを抱え上げ、小屋からずいぶんはなれたところまで運んで川に投げこんだ。そこでもうひとつ思いついた。ぼくはカヌーからひきわりトウモロコシのはいった袋とノコギリをとってきて、小屋に持っていった。それから、袋がいつも置かれていた場所でノコギリを使って底に穴をあけた。ノコギリを使ったのはナイフもフォークもなかったからだ。父ちゃんは折りたたみナイフだけで、料理をすべてこなしていた。

つぎに、その袋を持って草っ原を百メートルほど進み、小屋の東側のヤナギの木のあいだをぬけ、幅八キロほどの浅い沼まで運んだ。全体がイグサでおおわれた沼で、季節によってはカモもたくさんいる。その沼の対岸から小川が流れでていて、何キロも先までつながっているけど、どこまでいくのかは知らない。ただ、ミシシッピ川には流れこんでいない。袋からこぼれたトウモロコシの粉が沼まで細い道を作っている。ぼくは父ちゃんの砥石をそこに落としておいた。うっかり落としたみたいに見えるだろう。それから、袋の穴をひもでしばってふさいだ。これでもうこぼれ落ちる心配はない。ぼくは袋とノコギリをまたカヌーまで運んだ。

そろそろ暗くなってきたので、カヌーを土手におおいかぶさるように生えたヤナギの木の下まで動かして、月がでてくるのを待つことにした。カヌーはヤナギの木にしっかりつないだ。それから、すこしばかり食べると、カヌーの底に寝ころがって、パイプをふかしながら計画を練った。

みんなは石をつめた袋の跡を追って川岸までいくだろう。そして、ぼくをさがして川をさらうはずだ。それから、トウモロコシの粉の跡をたどって沼までいったら、今度は小川を下って泥棒のいき先をつきとめようとするだろう。なにしろ、ぼくを殺して、なにもかもを盗んだ泥棒なんだから。川をさらうのは、ぼくの死体をさがすためだけだ。すぐにぼくのことはあきらめてしまうだろう。そうなれば、ぼくはもう、どこへでも好きなところへいける。ジャクソン島なんかおあつらえむきだ。あの島のことならよく知っているし、だれもやってこない。それに、あそこからなら夜のあいだにカヌーで町までいって、こそこそ歩きまわったり、必要なものをとってきたりできる。うん、ジャクソン島がいい。

ぼくはへとへとに疲れていて、知らないうちに眠ってしまった。目がさめたとき、しばらくのあいだ、自分がどこにいるのかわからなかった。体を起こしてあたりを見まわしてもわからなくて、ちょっとこわかった。でも、思い出した。川は何キロも先まで広がっている。月が照っていて、太い流木を数えられるぐらいに明るい。岸から何百メートルもはなれたところを、黒々と静かに流れていく木がはっきり見えるんだ。あたり一面、こわいぐらいに静かで、真夜中という感じがする。真夜中のにおいがしたんだ。ことばではうまくいえないけど、真夜中のにおいだ。

ぼくは大あくびをして、体をうーんとのばした。それから、つないでいたロープをほどいて出発しようとしたちょうどそのとき、水面のどこか遠くで音がした。ぼくは耳をすました。すぐになんの音だかわかった。静かな夜にだけきこえる、オールを漕ぐときにオール受けが立てる、にぶくて規則正しい音だ。ヤナギの木の枝のあいだからのぞくと、やっぱりそうだった。遠くにボートが見える。何人乗っているかはわからない。ボートはどんどん近づいてきて、ぼくのすぐそばにさしかかったとき、乗っているのはひとりだけなのがわかった。父ちゃんだ。ぜんぜん想像もしていなかったけれど。

そのボートは流れに乗ってぼくの前を通りすぎ、しばらくすると舳先をめぐらせて、流れのゆるい川岸に近づいた。銃を突きだせばさわれるぐらいすぐそばを通っていく。そして、まちがいなく父ちゃんだった。しかもしらふだ。オールの漕ぎ方でわかる。

ぐずぐずしている余裕はない。ぼくはすぐにカヌーをだした。土手のかげにかくれて、音を立てず、でもすばやく進む。土手に沿って二キロほど進んだあと、今度は川のまんなかめざして四、五百メートルほど漕いだ。じきにフェリーの船着き場にさしかかるので、そうしないとだれかに見つかってしまうかもしれないからだ。

カヌーを流木にまぎれさせると、底に横たわって、流れにまかせた。ぼくはゆっくり体を休めて、パイプをふかしながら空を見上げた。雲ひとつない夜空だ。月明かりの下で、

あおむけになって見上げる空は、見たことがないくらい深く感じた。そんなこと、ぜんぜん知らなかった。それに、こんな夜に川の上にいると、どんなに遠くまで音がきこえるのかにもはじめて気づいた。

船着き場で話している人の声がきこえた。ひとことひとこと、はっきりきこえる。ひとりが、近ごろだんだん日が長くなって、夜が短くなってきたなあ、というと、もうひとりが、今夜は長く感じるけどな、といって、ふたりで笑いだした。おなじことをもう一度いって、また笑っている。それから、眠(ねむ)っていたなかまを起こして、おなじ話をきかせてまた笑う。でも、起こされた人は笑わなかった。きびしい声でなにかいってから、おれにかまうな、といった。最初の人が、かみさんにきかせてやりたいよ、といった。きっとおもしろがってくれるだろうから。でも、こんなもの、むかしおれが話した冗談(じょうだん)にくらべたら、なんでもないよといいそえた。もうひとりが、もうじき三時だが、まさか夜が明けるまで一週間も待たされるわけじゃないよな、といった。

そのあと、話し声はだんだん遠ざかって、もうなにをいっているのかわからなくなった。なにかつぶやく声と、ときどき笑い声がきこえるだけだ。ずいぶんはなれてしまったようだ。

ぼくはもう、船着き場からずっと下ったところにいた。体を起こすと、三、四キロほど下流(かりゅう)にジャクソン島が見えた。川のまんなかに、こんもりと木を生(お)い茂(しげ)らせてそそり立っているようだ。明かりをひとつも灯(とも)していない蒸気船(じょうきせん)のように、大きくて、黒々としていて、どっしりしている。島の先端(せんたん)にあるはずの砂州(さす)は、いまは水の下でまったく見えない。

島にはじきに着いた。川の流れが速すぎて、島の先端(せんたん)をあっというまに通りすぎてしまった。でも、そのうち淀(よど)みにはいって、イリノイ州側(しゅうがわ)の岸に上陸した。それから、ぼくのよく知っている、土手の深いくぼみにカヌーをかくした。ヤナギの枝(えだ)をかきわけないとはいれない場所で、カヌーをつないでしまえば、外からはまったく見えなくなる。

ぼくは島の先端にあった丸太に腰かけて、大きな川を見わたした。黒々とした木が流れていて、遠くには町が見える。ここからは五キロほどあって、明かりがみっつ、よっつチカチカしていた。一・五キロほど上流にばけものみたいにでっかい材木を組んだ筏が下ってくるのが見えた。まんなかあたりにランタンの明かりが見える。じわじわと下ってくるのを見ていると、ぼくが立っているそばを通りかかったときに声がきこえた。

「船尾のオールを漕げ！　舳先を右に！」ぼくのすぐ横にいるみたいにはっきりきこえた。

空がうっすらと白んできた。森にはいって、朝ごはんの前にひと眠りすることにした。

8

目がさめると、お日様はずいぶん高いところにあった。たぶん八時はすぎているだろう。涼しい木かげの草の上に寝ころんだままいろいろ考えていると、気が休まって、居心地がよくて幸せな気分になった。ところどころのすきまから太陽が見えるけれど、まわりじゅう大きな木に囲まれていて薄暗い。地面には木漏れ日がそばかすみたいな模様を作っている。そのそばかすがチラチラと動くので、木の上のほうで風が吹いているのがわかる。リスが二匹、木の枝にとまって、ぼくにむかって親しげになにか話しかけてくる。

あんまり気持ちがいいので、すっかり怠けた気分になって、起き上がって朝ごはんの準備をする気にもなれない。それで、またうとうとしていると、川の上流で「ドーン！」という低い音がしたような気がした。半分体を起こし、片ひじをついて耳をすますとすぐにまたきこえた。ぼくはぴょんと立ち上がると、川岸まで走って、木の葉のすきまからのぞいてみた。ずっと上流のほうで水面に煙がひとかたまり上がっているのが見えた。船着き場の近くだ。そして、人をいっぱい乗せたフェリーが浮かんでいるのも見える。なにをしているのかわかった。

「ドーン！」フェリーの横腹から白い煙がもくもくと上がる。そう、ぼくの死体を浮かび上がらせようと、水面にむかって大砲を撃っているんだ。

腹ペコだったけど、煙が見つかるとまずいので火は起こせない。しかたなくそこにすわったまま、大砲の煙を見て、ドーンという音をきいていた。このあたりの川幅は一・五キロほどで、夏の日の朝にはいつだってすばらしい景色だ。だからぼくは、とても気分よく、みんながぼくの死体をさがすようすを見ていた。朝ごはんをひと口も食べられないのは残念だったけど。

そのとき、川で死体をさがすときには、水銀をしこんだパンをいくつも川に浮かべるってことを思い出した。水銀いりのパンは、まっすぐ水死体のところまで流れていくといわれているからだ。そこで、パンが流れてきたら、いつでも拾い上げられるように、しっかり目をこらすことにした。ぼくは島のイリノイ州側に場所を移して、運をためすことにした。

ぼくはついていた。大きなふた山つづきのパンが丸ごと流れてきたんだ。長い棒を使って、もうちょっとでとどくというところで、足をすべらせてしまい、パンは遠くにいってしまった。もちろん、流れが岸のいちばん近くを通る場所で待ってたんだけど。そんなことはよくわかっているから。でも、そのうちまたべつのパンが流れてきて、今度はちゃんと拾い上げた。ぼくはパンにつっこんである栓をひきぬいて、なかの水銀をふるい落とす

と、がぶりとかみついた。貧乏人が食べるようなひきわりトウモロコシのパンじゃなくて、パン屋で買うような上等なパンだ。

ぼくは木の葉にかくれたいい場所を見つけて、たおれた木に腰かけると、むしゃむしゃとパンを食べながらフェリーを見ていた。すごくいい気分だ。そうしていると、ふと思いついたことがあった。このパンがぼくを見つけますようにと、ダグラス未亡人や牧師さんなんかが、祈りをこめたわけだけど、そのパンはこうやって流れてきて、ちゃんとぼくを見つけた。そうやって考えると、お祈りにもちゃんとした効き目があるのはまちがいないようだ。ただ、それは未亡人や牧師さんみたいな人の場合で、ぼくが祈ってもかなったためしがない。きっと、ちゃんとした人じゃなきゃだめなんだろうな。

ぼくはパイプに火をつけて、じっくり楽しみながら、水死体さがしのようすを見つづけた。フェリーは流れにまかせてただよっている。いまに、パンが流れ着いたところまでやってくるだろう。それだけ近づけば、だれが乗ってるのかわかるかもしれない。船がぼくのほうにむかってどんどん近づいてきたので、パイプを消して、パンを拾い上げたところまでいくと、土手の上のすこしひらけた場所にころがっていた丸太のかげに腹ばいになった。そして、その丸太が二股になっているところからのぞいた。

船はさらに近づいてきて、踏み板をだせば岸に上陸できそうだ。だいたいの人が乗っていた。父ちゃん、サッチャー判事、ベッキー・サッチャー、ジョー・ハーパーにトム・ソーヤーもいる。トムのポリーおばさん、シドとメアリもいるし、ほかにもたくさんだ。みんな口々にぼくが殺されたことを話していたけど、船長が口をはさんだ。

「みなさん、よく見てください。川の流れはこのあたりでいちばん島に近づくんです。ここいらに打ち上げられて、水際のやぶにでもひっかかってるかもしれません。できれば、そうあってほしいもんだ」

ぼくはそうあってほしくはなかった。みんな手すりから身を乗りだしている。ぼくのすぐ目と鼻の先で。みんな、静かにじっと見つめている。ぼくからははっきり見えるけど、あちらからは見えない。やがて、船長が大声でいった。

「さあ、下がって!」そのあと、大砲がすぐ目の前で発射された。ものすごい音で耳がきこえなくなってしまったし、煙でほとんどなんにも見えなくなった。一瞬ぼくは、大砲にやられて死んだんだと思った。もし、大砲に弾がこめられていたら、みんながさがしている死体は見つかったはずだ。でも、ありがたいことに、どこにもけがはなかった。

船はそのまま流れていって、島かげにかくれて見えなくなった。そのあとも、ときどきドーンという音はきこえたけれど、だんだん遠ざかっていって、一時間もするともうきこえなくなった。島は縦に四、五キロの長さがある。あの船は、島のはずれまでいってあきらめたんだろうと思った。でも、すぐにはあきらめなかったようだ。島のはずれまでいくとミズーリ州側にまわり、蒸気を使って川をさかのぼりながら、しばらく大砲を撃っていた。ぼくは島の反対側にでてそれを見ていた。島の先端を通りこした船は、ようやく大砲を撃つのをやめて、そのままミズーリ州側の岸辺沿いに、町のほうへ帰っていった。

これでもうだいじょうぶだ。ぼくをさがしにくる人は、もうだれもいない。ぼくはカヌーから荷物をおろして、深い森のなかに居心地のいいキャンプをこしらえた。毛布を使ってテントみたいなものを作って、そこに荷物を置いた。これで雨にぬれる心配はなくなった。ナマズを一匹つかまえると、ノコギリでさばいた。日が暮れてきたので、たき火を起こして晩ごはんを食べた。それから、朝ごはん用に釣り糸をしかけておいた。

暗くなると、たき火のそばにすわってタバコをふかした。すごくいい気分だ。でも、そのうちだんだんさびしいような気持ちになってきた。それで、土手の上にいってすわり、川の流れに耳をかたむけながら、星だの、流れてくる丸太だのを数えたりした。そのあと、キャンプにもどって寝ることにした。ひとりぼっちのときには、こんなふうに時間をすごすのがいちばんだ。さびしさにはじきに慣れてしまう。

そんなふうに三日三晩をすごした。毎日、おんなじふうにだ。でも、そのつぎの日は島じゅうを探検した。ぼくはこの島のボスだ。いってみれば、なにもかもがぼくのものなんだから、なにがあるのか全部知っておきたかった。でも、ほんとういうと、時間をつぶしたかっただけだ。イチゴがたくさん見つかった。熟れていて、すごくおいしい。まだ青いブドウやラズベリーもあった。ブラックベリーは青い実をつけはじめたところだ。いまに役に立ってくれるだろう。

そうやって、島のはずれあたりまで森のなかをぶらぶらと歩いていった。銃は持っていったけれど、一発も撃っていない。身を守るために持ってきただけで、獲物はキャンプの近くで撃つつもりだった。ちょうどそのとき、あやうくでっかいヘビを踏みそうになった。そのヘビは草や花のあいだをするするとにげていく。ぼくはそいつを撃ってやろうと追いかけた。追いかけているうちに、とつぜん、たき火に踏みこんでしまった。まだ煙を上げているたき火だ。

心臓がとびだすかと思った。ぼくはまわりをよく見もしないで、足音を立てないように気をつけながら、大急ぎで森のなかににげた。まちがって発砲しないように、銃の撃鉄を

もどすのは忘れなかった。分厚く葉が生い茂っているところでときどき立ち止まっては耳をすました。でも、自分の息の音があんまり大きくて、なんにもきこえない。もうすこし遠くまでこそこそ歩いて、また耳をすます。それから、またもうすこし。またもうすこし。切り株を見ると人だと思ってしまうし、枝を踏んでぽきんと音を立ててしまったときには、それを半分にされて、すくないほうの息しか吸わせてもらえないっていう感じだ。息が止まりそうになった。息を吸おうとしても、

　キャンプにもどっても、びくびくおどおどは止まらない。それでも、こんなところでぼうっとしてる時間はないぞ、と自分にいいきかせる。荷物をまた全部カヌーに積んで、人目につかないようにし、たき火の灰もけちらして、去年のものに見えるようにしてから木にのぼった。

たぶん、二時間ばかり木の上にいたけれど、そのあいだ、なんにも見なかったし、なんにもきかなかった。ただぼくは、無数の物音をきいて、無数のあやしいものを見たような気がしていたけど。結局、いつまでも木の上にいるわけにはいかなくて、おりてきた。それでも、厚い茂みにかくれて、ずっと見張りをつづけた。その日は、イチゴと朝ごはんののこりしか食べられなかった。

夜になるころには、腹ペコになっていた。それで、あたりがまっ暗になると、月がのぼる前にカヌーを漕ぎだして、五百メートルほどはなれたイリノイ州側の岸に上陸した。森のなかにはいって晩ごはんを料理して、今晩はここですごそうときめかけたときに、パカッ、パカッ、パカッという音がきこえた。馬がくるんだ。すぐに人の声もきこえてきた。ぼくはできるだけいそいで荷物を全部カヌーに積むと、森のなかを音を立てないように歩いて、だれがいるのかをたしかめにいった。すこし進んだだけで、話し声がきこえた。

「適当な場所が見つかったら、ここいらでキャンプをはったほうがよさそうだな。馬たちはくたばりそうだ。さあ、さがしてみよう」

ぼくはすぐにカヌーをおしだして、川に漕ぎだした。島にもどって、元の場所にカヌーをつなぐと、そのままカヌーで寝ることにした。

あんまり眠れなかった。ついつい、いろいろと考えてしまう。そして、はっと目がさめるたびに、だれかに首をしめられているような気がした。こんなことじゃ、眠る意味がない。だんだん腹がきまってきた。こんなふうにおどおどしてるのはいやだ。この島にいるのがだれなのか、この目でたしかめてやる。なにがなんでもだ。そう考えた瞬間、気が楽になった。

そこでぼくはオールを漕いで、岸からほんのすこしはなれると、木のかげになっているところを自然に下るにまかせた。月が照っていて、かげの外は昼間のように明るい。そうやって、一時間ほど流されていたけれど、どこもかしこも岩みたいに静かで、ぐっすり眠っているみたいだ。そのころには、ほとんど島のはずれまで流されていた。さざ波が立ちはじめて、涼しい風も吹きはじめた。夜がもうじきおわるしるしだ。ぼくはオールで方向を変えて、カヌーの鼻先を岸につけた。それから、銃を持ってカヌーをおり、森に踏みこんだ。

ぼくは丸太に腰を下ろして、木の葉ごしに目を光らせた。いつのまにか、月が姿をかくしてしまったようで、川の上に暗闇の毛布がかかりはじめていた。でも、そんなにたたないうちに、木のてっぺんあたりに白っぽい筋が見えたので、朝が近いのがわかった。そこでぼくは、銃をかまえて、たき火に踏みこんだあたり目指して、静かに歩きはじめた。すこし進んでは立ち止まって耳をすます。でも、運に見はなされたのか、あの場所が見つからない。

それでもようやく、遠くの木のあいだにちらつく火を見つけた。ぼくは慎重に、ゆっくりそこにむかった。だんだん近づいて、地面に横たわっている人の姿が見えるぐらいまできた。背筋がぞくっとした。その男は頭に毛布を巻いていて、その頭はたき火につっこみそうなぐらい近くにある。ぼくは、そこから二メートルほどはなれた茂みのかげにしゃがんで、かたときもその男から目をはなさなかった。空はだんだん白んできた。やがて、その男はあくびをして、のびをしながら毛布をはらいのけた。なんとそれは、ミス・ワトソンのところのジムだった！　ぼくはうれしくてたまらなくなって、思わず声をかけた。

「やあ、ジム！」そういいながら、茂みからとびだした。

ジムはぴょんと立ち上がると、ぎょっとした顔でぼくを見つめた。それから、がくんとひざまずき、両手をすりあわせながらいった。

「助けてください。どうか！　おれは幽霊に悪さしたことなんか、一回もありませんから。死んだ人たちのことは、いつだって好きだったし、できるだけのことはしてきたんで

す。どうか、川におもどりになって、おいぼれジムのことはそっとしといてくださいまし。おれたち、いっつも友だちだったでしょう」

ぼくが生きてるってことをジムにわかってもらうのに、そんなに時間はかからなかった。ぼくはジムに会えてすごくうれしかった。これで、もうひとりぼっちじゃない。ジムがぼくの居場所をほかの人に告げ口する心配なんてしてないとも伝えた。ぼくが話しているあいだ、ジムはすわったまま、なにもいわずにじっとぼくの顔を見ていた。

それで、ぼくはいった。

「明るくなったから、朝ごはんにしよう。たき火をちゃんとおこしてよ」

「朝ごはんっていったって、イチゴしかな

いのに、たき火をおこす必要なんかあるもんか。だが、おまえさんは銃を持ってるな。そいつで、なんかイチゴよりましなものが食えそうだ」

「イチゴしか、って、それしか食べてないの？」

「ほかにはなにもないからな」

「それで、この島にはいつからいるんだい？」

「ハックが殺された日の夜からだよ」

「それからずっと？」

「ああ、そうだとも」

「そのあいだ、イチゴみたいなもんしか食べてないって？」

「そう、なんにも」

「それじゃ、ものすごく腹ペコなんじゃないの？」

「馬一頭だって食えそうだ。たぶん、食えるな。ハックは、この島にどのくらいいるんだ？」

「ぼくが殺された日の夜からだよ」

「なんだって！　いったいどうやって生きてきたんだね？　ああ、でも銃を持ってるんだったな。そいつはありがたい。おまえさんはなにか撃ってくるんだな。そしたら、おれが火をおこすから」

それからぼくたちはカヌーがかくしてあるところにいった。木のあいだのひらけた草地でジムが火をおこしているあいだ、ぼくはトウモロコシ粉とベーコン、コーヒー、コーヒーポットにフライパン、それに砂糖とブリキのカップを持ってきた。それを見てジムはびっくりしている。ぼくが魔法を使ったと思ったからだ。ぼくは大きなナマズもつかまえてきた。ジムがナイフではらわたをとりのぞいて、フライパンで焼いた。

朝ごはんの用意ができると、ぼくたちは草の上にすわって、熱々のうちに食べた。すっかり腹ペコだったジムはがつがつとのみこんだ。おなかいっぱいになると、そのあとはのんびりすごした。

そのうち、ジムが話しだした。

「なあ、ハック、それにしても、あの小屋で殺されたのがハックじゃないいんなら、いったいだれなんだ?」

そこでぼくは、なにもかも話した。ジムはそいつは賢いと感心してくれた。トム・ソーヤーだって、それ以上のたくらみは思いつかないだろうといった。

そのあと、ぼくはきいてみた。

「ところで、ジムはどうしてここに？　どうやって、ここまできたの？」

ジムは急にそわそわしだした。一分たってもなにもいわない。それから、ようやくこういった。

「それはいわないほうがよさそうだ」

「どうして？」

「いろいろわけがあってな。だが、おまえさんがだれにも告げ口しないっていうんなら。どうだい、ハック？」

「もちろんしないよ」

「それなら信じるとしよう。おれはね、……脱走してきたんだよ」

「ジム！」

「いいか、告げ口しないっていったぞ。約束したんだからな、ハック」

「ああ、したよ。告げ口はしないさ。嘘じゃない。奴隷制廃止論者だってばかにされても、脱走奴隷を見たのに知らせなかったって軽蔑されても、そんなことはかまわないさ。告げ口なんかしない。それにどうせ、あの町にもどるわけにはいかないんだから。さあ、なにがあったのか、全部きかせてよ」

「ああ、それじゃあ話すとしよう。奥さんは、……奥さんってのはミス・ワトソンのことなんだが、その奥さんは、年がら年じゅう小言ばかりいって、おれをさんざんこき使ってたんだが、ニューオーリンズに売ったりはしないってことだけは、いつもいってなさったんだ。ところが、最近になって、屋敷のまわりでしょっちゅう奴隷商人を見かけるようになったもんで、おれはだんだん心配になってきた。

ある晩のずいぶんおそい時間に、おれはドアのところまでそっと近づいてみた。ドアはちょっとばかりあいていて、奥さんが未亡人に話してるのがきこえちまったんだ。奥さんはおれをニューオーリンズに売るつもりだって話してた。ほんとうは売りたくないんだが、おれに八百ドルの値がついたもんだから、そんな大金をことわるわけにいかないっていうんだ。未亡人はなんとかやめさせようとしてくれたんだが、その先はきいてない。そのまんまとびだしてきたからな。

丘を必死でかけおりて、どこか町の上流でボートでも盗もうと思ったんだが、町にはまだ人が出歩いてたもんだから、土手の古い桶屋にかくれて、人がいなくなるのを待ってたんだ。結局、ひと晩じゅうそこにいたよ。いつまでたっても、人がうろついてたからな。

朝の六時ぐらいになると船がでたりはいったりするようになった。八時か九時になると、船に乗ってる連中はだれもかれも、おまえさんのおやじさんが町にあらわれたって話してた。それにハックが殺されたってな。あとからきた船は、その場所を見にいこうっていう奥さん方やだんなたちでいっぱいだった。ときには、出航の前に岸辺にとまってる船もあったもんだから、乗客が話してるのがきこえてきて、ハックがどんなふうに殺されたのかくわしく知っちまったんだ。おまえさんが殺されて、おれはすごく悲しかったよ。だが、いまはもう悲しくない。

おれは一日じゅう、かんなくずの下に寝ころがってかくれてた。腹はへってたけど、こわくはなかった。奥さんと未亡人が朝めしのすぐあとに伝道集会にでかけて、夜まで帰ってこないのはわかってたからな。それに、昼間は、おれは牛を追ってでていて、家のまわりにはいないもんだと思われてる。そんなわけで、夜暗くなるまで、おれがいないのには気づかないってわけだ。ほかの使用人たちも気づかない。奥さんや未亡人がいなくなったら、すぐにでかけてさぼるからさ。

そんなわけで、あたりが暗くなってから川沿いの道にでて、まわりに家がなくなるまで三キロ以上歩いた。この先どうするか、決心はかたまってたんだ。もし、歩きつづければ、きっと犬に跡を追われる。もし、ボートを盗んで川をわたれば、盗まれた人に、おれがむこう岸にわたったってことを気づかれてしまう。そして、そこからまた跡を追われるだろう。それで考えたんだ。筏がいいってな。筏なら足がつかない。

そのうち、岬をまわって明かりが近づいてくるのに気づいた。それでおれは丸太につかまって、川のまんなかよりもっと先まで泳いだんだ。流木にまぎれると頭を低くして、筏が近づいてくるまで流れに逆らうように泳いだ。それから筏のどん尻まで泳ぐとしっかりつかまった。雲がでて、しばらくのあいだまっ暗だったもんだから、筏によじのぼって、板材の上に寝ころがった。ランタンがあるのはずっと遠くの筏のまんなかあたりで、人がいるのもそのあたりだけだ。川は増水してて、流れも強い。朝の四時くらいには、きっと四十キロも下流にいるぞって思ったよ。そこまでいったら、明るくなる前に筏からおりて、イリノイ州側まで泳いで、森のなかにはいればいい。

だが、おれはついてなかった。この島の鼻先あたりにさしかかったところで、ランタンを持った男がおれのいるほうに近づいてきたんだ。ぐずぐずしているひまはない。おれはすぐに川にはいって、島めがけて泳いだよ。島にはどこからでも上がれると思ったのに、そうはいかなかった。土手が急すぎたんだ。島のほとんどはずれまで下ったところで、ようやくいい場所が見つかった。おれは森にはいって、筏はあきらめることにした。ランタンを持ってうろつきまわられたんじゃかなわない。パイプと安タバコ、それにマッチなら帽子にかくしてあって、ぬれてない。それだけあれば十分だ」

「それで、ずっと肉もパンもなしですごしたって？　泥ガメでもつかまえればよかったのに」

「つかまえるったって、いったいどうやって？　こっそり近づいて手づかみになんかできないし、岩でたたき殺すのもむりだ。そんなこと、夜の暗がりでできるわけない。昼ひなかには、土手にでていくわけにはいかないんだからな」

「ああ、そうか。たしかに、ずっと森にかくれてなくちゃいけないんだもんな。あの人たちが大砲を鳴らしてたのはきこえた？」

「きこえたよ。ハックをさがしてるのはわかってた。おれはここにきて、茂みのなかから見てたんだ」

なにかのひな鳥が何羽かやってきて、一、二メートルとび上がっては舞い下りるという動作をくり返した。ジムがいうには、それは雨が降る前ぶれなんだそうだ。ニワトリのひながそんなふうにとぶときはそうなんだから、ほかの鳥のひなだっておなじだろうという。

そのひな鳥をつかまえにいこうとしたら、ジムに止められた。あれは死神なんだそうだ。ジムのおやじさんがひどくぐあいが悪くてふせっていたとき、だれかが鳥をつかまえたらしい。ジムのおばあちゃんが、おまえの父親は死ぬだろうというと、ほんとうにそうなってしまったということだ。

それにジムは、昼ごはんを料理する前に材料を数えてはいけないともいった。たたりがあるんだそうだ。太陽が沈んでからテーブルクロスをバタバタふりはらってもおなじらしい。それから、ハチミツの巣箱を持ってる人が死んだら、つぎの日太陽がのぼる前にミツバチたちに知らせてやらないと、ハチは弱って蜜集めをしなくなって、やがて死んでしまうんだそうだ。ミツバチっていうのは、ばかな人間は刺さないともいった。でも、それは信じなかった。自分でなんべんもためしてみたけど、ぼくは一度も刺されたことがないからだ。

ジムがしたような話は前にもきいたことがあったけど、どれもこれもってわけじゃない。ジムはそんな前ぶれをたくさん知っていた。ほとんどのことは知っているといっている。でもそれがだいたい悪い前ぶれのような気がするので、なにかいい前ぶれはないのかときいてみた。ジムはいった。

「そんなものはほとんどないな。だいたい、役に立つもんじゃないしな。いい前ぶれを知ったからって、どうしようっていうんだ？　それをさけようってのか？」それからつづけた。「もし、腕や胸が毛深ければ、それはいまに金持ちになるっていう前ぶれだ。こんな前ぶれはすこしは役に立つな。ずっと先のことがわかるからさ。最初のうち、長いあいだずっと貧乏でも、いつか金持ちになるってわかってれば、自殺しようなんて気は起こらないわな」

「なあ、ジム、あんたの腕や胸は毛深い？」

「きいてどうするんだ？　見ればわかるだろうに」

「それで、ジムは金持ちかい？」

「いいや、だが、金持ちだったことはあるし、いまにまたなるよ。十四ドルも持ってたことがあるんだが、投機に手をだしてすっちまったんだ」

「投機って、いったいなんの？」

「最初は株だな」

「なんの株？」

「家畜さ。牛だよ。牛に十ドルだしたんだ。だが、株にはもう二度と手はださないよ。

その牛は死んじまったんだ」

「それで、十ドルすっちゃったたってことか」

「いいや、十ドル全部じゃないぞ。なくしたのは九ドルだけだ。革と脂が一ドル十セントで売れたからな」

「じゃあ、のこりは五ドルと十セントだ。ほかにも投機した？」

「ああ、したさ。おまえさんはブラディッシュさんとこの片足の黒人を知ってるかな？　そいつが銀行をはじめて、だれでも一ドルあずけたら、その年のうちに四ドル以上になって返ってくるっていったんだよ。みんながおしよせたんだが、だれも一ドルなんて持ってない。持ってたのはおれだけだ。それでおれは、四ドルじゃ足りない、それ以上よこさないんなら、おれも銀行をはじめるぞっておどしてやったんだ。もちろん、そいつはおれにはじめられちゃあこまるんだろう。銀行がふたつもできたら成り立たないっていってたからな。それでそいつはこういった。もし、五ドルあずけてくれたら、年の暮れに、三十五ドルにして返すってな。
だから、おれは五ドルだしたよ。そして、その金をあてにして、すぐに新しい商売をはじめようと思った。ボブっていう黒人がいて、そいつが木材を運ぶ平底船をどこかで見つけてきて持ってたんだ。ボブの主人はそれを知らない。そこでおれは、その船を三十五ドルで買おうっていったんだ。金は年末になったらはらうっていってな。ところが、その日の夜にだれかがその船を盗んじまった。おまけにそのつぎの日、片足の黒人が銀行はつぶれちまったっていうのさ。結局、そいつから金をもらったやつはひとりもいなかった」

「のこりの十セントはどうなったのさ、ジム?」

「ああ、もう使っちまおうと思ったんだ。だが、夢を見てな。その十セントを阿呆のバラムって呼ばれてる黒人にやれっていう夢なんだ。あだ名通りの阿呆なんだが、みんながいうには、運のいいやつなんだ。そして、おれは運が悪い。夢のお告げだと、十セントをバラムにわたして投資させれば、おれの代わりにもうけてくれるっていうのさ。こうして金を手にいれたバラムは教会にいって、説教をきいたんだな。貧しいものにお金を与えたものは、神様にお金を貸したことになるから、百倍になってもどってくるっていう説教だ。

それでバラムはその十セントを貧しいものにやっちまうと、さてどうなるだろうって、じっと待ってたのさ」

「で、どうなったの?」

「なんにも起こらなかったよ。こうなったら、もうおれの金はとりもどしようがない。バラムもおんなじだ。これからは、担保(たんぽ)を目にしないうちは一セントだってださないつもりさ。百倍になってもどってくるなんざ、牧師(ぼくし)もよくいったもんだ! あの十セントだけでももどってくれば、それで十分なんだがな。ありがたいぐらいだ」

「でも、いいじゃないか。またいつか金持ちになれるかもしれないんだし」

「そうだな。考えてみれば、いまだってりっぱに金持ちだよ。おれはおれ自身のものだし、おまけに八百ドルの値(ね)がついてるんだからな。八百ドルの金があったら、もうそれ以上はいらないよ」

9

島のまんなかあたりに、見にいきたいところがあった。前に探検（たんけん）したときに見つけた場所だ。それで、ジムとふたりで出発した。島は縦（たて）に五キロ、幅（はば）は五百メートルほどしかないので、すぐにたどり着いた。

そこは高さ十メートルほどのちょっとした丘（おか）というか、尾根（おね）のようになっていて、長くて急な坂の上にある。てっぺんに着くまではなかなかたいへんだった。坂が急で、やぶがびっしり生（お）い茂（しげ）っているからだ。ぼくたちはあちこち歩きまわりながらのぼっていって、イリノイ州側のてっぺんに近い場所に、岩でできた大きな洞窟を見つけた。部屋をふたつみっつあわせたぐらい広くて、高さもジムがまっすぐ背をのばしても平気だ。なかは涼しかった。ジムはすぐに荷物を運んでこようといったけれど、ぼくはしょっちゅう斜面をのぼりおりするのはいやだといった。

ジムはいった。カヌーのいいかくし場所を見つけて、荷物を全部この洞窟に運びこんでおけば、だれかが島にやってきたらすぐににげこめるし、犬をつれてこないかぎり、見つかる心配はないだろうと。それに、あのひな鳥たちが、じきに雨になるっていっただろ？　荷物をぬらしたくないだろ？　とも。

それで、ぼくたちはカヌーにもどると、洞窟の下あたりまで漕いできて、荷物を全部運び上げた。それから、びっしり生い茂ったヤナギの木のなかに、カヌーをかくしておくいい場所を見つけた。しかけ糸にかかった魚を何匹かとると、釣り糸を元にもどし、昼ごはんの準備にかかった。

洞窟の入り口は、大きな樽をころがしてはいれるぐらい広い。その入り口のはしのほうに平らな岩が外にむかってすこしばかり突きでた場所があって、その上は火をおこすのに最高だ。それで、そこでたき火をして、昼ごはんを料理した。

洞窟のなかにカーペット代わりの毛布を敷いて、その上で食べた。そのほかの荷物は、すぐ手がとどく洞窟の奥に置いた。そのすぐあとに、急に空が暗くなってきて、雷が鳴り、稲妻が走りだした。すぐに雨も降りだした。ものすごいいきおいの雨だったし、あんなに強い風もはじめてだ。夏になると吹き荒れる嵐のひとつなんだろう。あのひな鳥たちが教えてくれた通りだ。

洞窟の外は、どこもかしこも青黒いといっていいぐらい暗くなった。とてもきれいだ。雨のいきおいがあんまり強いので、すこしはなれた木もぼんやりとして、クモの巣みたいに見える。はげしい風で木が大きくしなって、白っぽい葉っぱの裏がちらちらする。たてつづけにおそろしいような突風が吹きつけて、木の枝がでたらめに大きくゆすられている。まわりがこれまでいちばん青くて黒くなったと思った瞬間、サーッ！と神々しい光がさしてきて、はるかむこうの何百メートルもはなれたところにある、それまではぜんぜん見えなかった木々の梢がゆれてるのが見えたりする。

そのすぐあとに、またもや黒々としたかと思うと、雷の音がきこえてくる。おそろしいドカーンという音や、空っぽの樽を階段から突き落としたみたいなゴロゴロ、ガラガラいう音が、下界めがけて降り注ぐ。それも、ものすごく長い階段で、いきおいよくはねまわってる感じだ。

「ねえ、ジム。すごいよね」ぼくはいった。「ずっとここにいたいな。もう、どこにもいきたくない。魚のおかわりと、ほかほかのトウモロコシパンをまわしてよ」

「おれがいなけりゃ、おまえさんはここにはいなかったんだけどな。森のなかで、飯も食わずにおぼれかかってたにちがいない。うん、そうだ。ニワトリのひなにはいつ雨が降るのかわかるのさ。ほかの鳥でもな」

川は十日以上どんどん増水しつづけて、しまいには土手をこえてしまった。島の低いところや、イリノイ州側の低地では、あふれた水が一メートル以上の深さになった。けれども、ミズーリ州側の岸辺までの距離は、相変わらず一キロ足らずのままだ。ミズーリ州側の岸は高い崖が壁のようにそそり立っているからだ。

昼のあいだ、ぼくらは水につかった島じゅうをカヌーで漕ぎまわった。太陽がかんかんに照りつけているときでも、森の奥はかげになっていてすごく涼しかった。ぼくたちは木々のあいだを縫うように漕いだ。ときどき、分厚く茂ったツタにじゃまされて、逆もどりしたり、方向を変えたりしなくてはいけなかった。

古い倒木の上には、たいがいウサギだのヘビだのといった動物がいた。洪水が一日、二日とつづくうちに、そうした動物たちは飢えのせいでおとなしくなっていて、すぐそばまで漕いで、なでようと思えばなでられるぐらいだ。でも、ヘビとカメはべつだ。どっちもするすると水にはいってしまう。ぼくたちの洞窟がある尾根の上にも動物たちがたくさんいた。もしペットがほしければ、いくらでも手にはいる。

ある夜、ぼくたちは材木運搬用の筏の一部を見つけた。上等のマツ材の板でおおわれている。幅が三メートル半、長さが五メートル弱ぐらいあって、水からでている部分の高さが十五センチ以上ある、頑丈で平らな板をはった筏だ。昼間に材木用の丸太が流れてくるのはときどき見かけたけれど、だれかに見つかるといけないので、手はだせなかった。

べつの夜には、夜明けのちょっと前に島の先端あたりで、川の西側を木造の家が流れてくるのを見つけた。二階建ての家で、ひどくかたむいている。ぼくたちはカヌーを漕ぎつけて、二階の窓からその家のなかにはいった。けれども、暗すぎてなにも見えないので、カヌーをしっかりつないで、カヌーにすわって夜が明けるのを待つことにした。

　夜が明けたのは、家が島の下流側のはしを通りすぎる前だった。ぼくたちは窓からなかをのぞいた。ベッドやテーブル、古ぼけた椅子が二脚、それに床じゅうにいろいろなものがちらばっているのが見えた。壁には服がかけてある。部屋の奥のすみに、人みたいなものが横たわっていた。そこで、ジムが声をかけた。

「おーい、そこのあんた！」

　でも、ぴくりとも動かない。ぼくも大声をかけてみた。ジムがいった。

「あの人は眠ってるんじゃないな。死んでるんだ。ハックはここにいろよ。おれが見てくるから」

ジムはなかにはいると近づいて、身をかがめてじっと見てからいった。

「やっぱり死んでるよ。まちがいない。しかも裸だ。背中を撃たれてる。死んだのは二、三日前だな。ハックもきてみな。だが、顔は見るんじゃないぞ、おそろしく気味が悪いからな」

結局、ぼくは見にいかなかった。ジムがぼろきれをかけたけど、その必要はなかった。最初から見るつもりはなかったんだから。床には手あかでよごれたトランプがちらばっている。ウィスキーの空瓶や黒い布で作った覆面もふたつばかり落ちているし、壁じゅうにくだらないことばや絵が炭で書かれていた。古くてよごれたキャラコのドレスが二着と、日よけのボンネット、女の人用の下着も何着か、それに男の人の服も何着か壁にかかっている。

ぼくたちはそのほとんどをカヌーに積みこんだ。なにかの役に立つかもしれない。床に、子ども用のしみだらけの麦藁帽子が落ちていたので、それも拾った。赤ん坊に吸わせるための布製の乳首のついた哺乳瓶もあったので、それももらおうとしたら割れていた。みすぼらしい木箱と、蝶番のこわれた毛皮ばりの古ぼけたトランクもあった。どちらもふたがあいていたけど、価値のありそうなものはなにひとつなかった。部屋のちらかりようからすると、ここにいた人はよほどあわててここからでていったみたいで、荷物もほとんどほったらかしにしたみたいだ。

ほかには古いブリキのランタン、柄のとれた肉切り包丁、どこの店で買っても二十五セントはしそうな新品の大型ナイフ、獣脂ロウソクがたくさんとブリキのロウソク立てひとつ、ひょうたんとブリキのコップがひとつずつに、ベッドにかかっていたぼろぼろのベッドキルト一枚、針やピン、蜜蠟やボタンに糸といった裁縫道具のつまった手提げ袋、鉈一丁に釘何本か、ばかでかい釣り針がついたぼくの小指ぐらいの太さの釣り糸、鹿革ひと巻、犬用の革の首輪ひとつ、馬の蹄鉄ひとつ、ラベルのついていない薬瓶何本かがあった。

それから、最後の最後にぼくが見つけたすごく上等の馬用の梳き櫛と、ジムが見つけたぼろぼろのバイオリンの弓と、木でできた義足が一本あった。革紐はとれてしまっているけど、それ以外はとてもしっかりした義足だ。ぼくには長すぎるし、ジムには短すぎるけど。もう片方はどこだろうとあちこちさがしまわっても、見つからなかった。

なんやかんやで、かなりの収穫があったわけだ。その家をはなれるときには、島から

四、五百メートル下ってしまっていたし、すっかり明るくなっていたので、ジムを寝かせて、上からベッドキルトをかけることにした。体を起こしていれば、ずっと遠くからでも黒人だってことがわかってしまうからだ。ぼくはイリノイ州側の岸まで漕いでいった。そのあいだにさらに一キロほど下流に流されてしまったけれど、土手沿いの流れが淀んだところを漕ぎ進んで、なにごともなく、だれにも見つからずに、ぶじに島までもどった。

10

朝ごはんのあと、ぼくはあの家で死んでいた人のことを話したかった。どうして殺されたのか知りたかったからだ。でも、ジムはいやがった。そんなことをしたら、たたりがあるという。それに、あの人が化けてでるかもしれないとも。埋葬(まいそう)されない人は、お墓(はか)で安らかに眠(ねむ)ってる人より、幽霊(ゆうれい)になりやすいんだそうだ。そういわれてみると、そんな気がしたので、ぼくもそれ以上はいわなかった。それでも、ついつい、あれこれ考えてしまうし、あの人はいったいだれに、どうして撃(う)たれたのか、知りたくてたまらなかった。

あの家から持ってきた服をくわしく調べていると、毛布地(もうふじ)の古いコートの裏(うら)に、銀貨(ぎんか)が八ドル分縫(ぬ)いつけてあるのを見つけた。このコートは、元々はあの家の人のものじゃなくて、どこかから盗(ぬす)んできたものなんだろうとジムがいった。お金が縫いつけられていると知っていたら、置いていくはずがないからってことだ。それでぼくは、あの人を殺したのもそいつらかもしれないといった。けど、その点について、ジムはやっぱり話したがらない。ぼくはいった。

「なにかたたりがあるかもしれないって思ってるんだろうけど、じゃあ、おとつい、ぼくが山の上で見つけたヘビのぬけ殻(がら)をつかんだときにいってたことはどうなるのさ？　ジムは、ヘビのぬけ殻を手でさわったらとんでもなくおそろしいたたりがあるっていったじゃないか。それで、これがそのたたりだって？　こんなにいっぱいいろんなものを手にいれて、その上に八ドルもころがりこんできたんだよ。これがたたりだっていうんなら、毎日でもたたられたいぐらいだよ」

「ハックはなんにもわかっちゃいないのさ。ああ、わかっちゃいない。あんまり、つけ上がらないこった。いまにたたりがあるんだから。覚えておくがいい。いまにあるんだから」

そして、ほんとうにそのたたりはあった。この話をしたのは火曜日だった。そして、金曜日、昼ごはんのあと、ぼくたちは山のはずれの草地に寝そべっていた。タバコがなかったので洞窟にとりにいくと、そこにガラガラヘビがいた。ぼくはそいつを殺して、ジムの毛布の足元にとぐろを巻いているようにしてつっこんでおいた。ジムをびっくりさせてやろうと思ったんだ。

夜になるころには、そのヘビのことはすっかり忘れていた。ぼくが明かりの火をつけているとき、ジムが毛布に寝ころがると、そこにあのヘビのなかまがいてジムをかんだ。ジムはとび上がって叫んだ。明かりが最初にとらえたのは、とぐろを巻いて、もう一度とびかかろうとしているヘビだった。ぼくはすぐに棒でそいつをたたき殺した。ジムは父ちゃんのウィスキー瓶をつかむと、ごくごく飲みはじめた。

ジムは裸足だったから、ヘビはかかとにかみついた。ぼくはなんてばかだったんだろう。死んだヘビをほったらかしにしておくと、かならずなかまがやってきて、その死体のそばでとぐろを巻くもんだってことを忘れてたなんて。ジムはそのヘビの頭を切り落として捨ててきてくれといった。それから、胴体の皮をはいで、身を一切れ焼くようにいった。いわれた通りにすると、ジムはその肉を食べて、これですこしは毒がうすまるんだといった。

それから、ヘビのしっぽのガラガラいうところを切って、手首に巻いてくれともいった。それも毒をうすめるらしい。

そのあと、ぼくはこっそり二匹の死体をやぶに捨ててきた。できれば、ジムにぼくのせいだってことを知られたくなかったからだ。

ジムはウィスキーを飲みつづけて、そのせいかときどきあばれたり、どなりちらしたりした。でも、正気にもどるたびに、またウィスキーを飲んだ。ジムの足はみるみる腫れてきた。すねのほうまでだ。それでも、そのうち酔いがまわってきたようだったので、もうだいじょうぶだろうと思った。まあ、ぼくだったら父ちゃんのウィスキーで酔っぱらうよりは、ヘビにかまれたほうがましだけど。

ジムは四日四晩寝こんでしまった。そのうち腫れはすっかりひいて、また元気になった。ぼくは、もう二度とへ

ハンク・バンカーじいさん

ビのぬけ殻にさわったりしないでおこうと心にきめた。どんなたたりがあるのか、この目で見たからだ。ジムも、これで今度からはぼくもジムのいうことを信じるだろうといった。ただし、ヘビのぬけ殻にさわるのはとてつもなくおそろしいことなので、まだたたりはおわっていないかもしれないともいった。ヘビのぬけ殻にさわるぐらいなら、左の肩ごしに新月を千回でも見るほうがましだという。ぼくもなんとなくそんな気になってきた。それまでは、新月を左の肩ごしに見ることほど、とんでもなく不注意でばかげたことはないと思っていた。ハンク・バンカーじいさんは、一度新月を左の肩ごしに見て、それを自慢していいふらしていたらしいけど、それから二年もしないうちに、高い塔から落っこちて、ぺちゃんこになってしまったということだ。それで、棺桶代わりに、二枚の戸板ではさんで墓に埋めたんだそうだ。自分の目で見たわけじゃないけど、父ちゃんからきいた。とにかく、左の肩ごしに新月を見るっていうのは、それぐらいばかげたことなんだ。

ジムと島で暮らしているうちに、川の水位はだんだん下がって、やがて、いつも通り土手よりも低くなった。ぼくたちが最初にやったのは、でっかい釣り針に皮をはいだウサギをしかけることだった。そして、人間ぐらい大きなナマズを釣り上げた。長さが百八十五センチぐらいあって、重さは百キロぐらいあるナマズだ。釣り上げたといっても、ふたりで釣り糸をたぐったわけじゃない。そんなことしたら、ぼくたちはイリノイ州までとばされてしまっただろう。ぼくたちは、じっとすわって、そのナマズがさんざんあばれまわったあげくに死ぬのを待った。

腹をさばくと胃から真鍮のボタンがひとつと丸い玉がひとつ、それにいろいろなガラクタがでてきた。丸い玉を手斧で割ってみると糸巻がでてきた。こんな玉になるぐらいなんだから、よっぽど長いあいだ、ナマズの胃のなかにあったんだろうとジムはいった。これまでミシシッピ川で、こんなにでっかい魚が釣り上げられたことはなかったんじゃないかと思う。ジムもこんなにでかい魚は見たことがないという。ジムは村に持っていけば、さぞかし高い値段で売れただろうと残念がった。大きな魚は市場で切り分けられて、みんな

がすこしずつ買っていくんだ。肉は雪みたいに白くて、フライにするとすごくおいしい。
つぎの日の朝、なんだか退屈してきたので、ぼくはなにかおもしろいことがしたいといった。川をわたって、村のようすを見にいくのがいいんじゃないかと思った。ジムも賛成してくれたけれど、いくとしても暗くなってからで、よほど注意しないといけないといわれた。
ジムはさんざん考えたあげく、あの家から持ってきた服を着て、女の子に化けていくのはどうかといった。ぼくもいい考えだと思った。そこで、ズボンをひざまでまくり上げて、すそをつめたキャラコのドレスを着た。ジムが背中でホックを留めてくれたので、ドレスはぴったりになった。日よけのボンネットをかぶってあごの下でひもを結んだので、顔をよく見ようとしても煙突のつぎ目からのぞくぐらいむずかしいだろう。ジムは、昼間に見たって、だれなんだかわかりっこないだろうといった。

その日一日、そのかっこうですごしたので、だんだん慣れてきた。ただジムには、歩き方が女の子みたいじゃないし、ドレスをたくし上げてズボンのポケットに手をつっこむのはやめなきゃだめだといわれた。そこを気をつけて、もっとうまくできるようになった。

暗くなるとすぐに、カヌーでイリノイ州側の岸沿いをさかのぼった。

フェリーの船着き場のすこし下流まできたところで、町にむかって川を横切りはじめた。流れにつかまって、たどり着いたのは町のはずれだ。カヌーをつないで土手沿いに歩いた。長いあいだ空き家だった小さな小屋に明かりがついていたので、いったいだれが住んでるんだろうと不思議に思った。

そっと近づいて窓からのぞいた。四十歳ぐらいの女の人が、マツ材のテーブルに置いたロウソクの明かりで編み物をしている。見たことのない人だった。よそからきた人にちがいない。この町には、ぼくの知らない人なんてひとりもいないんだから。女の子のかっこうをしていても、声でばれてしまうんじゃないかとびくびくしていたので、運がいいと思った。この人がこの町にきて二日ほどしかたっていないとしても、小さな町のことなので、ぼくの知りたいことはなんでも教えてもらえるだろう。そこでドアをノックした。ぼくは女の子なんだと自分にいいきかせながら。

11

「おはいり」女の人がいったので、ドアをあけてなかにはいった。

「椅子（いす）におかけ」

そういわれたのですわった。小さなきらきらした目で、ぼくをじろじろ見まわしていう。

「お名前は？」

「サラ・ウィリアムズです」

「おうちはどこ？　この近所？」

「いいえ。十キロほど下流のフッカービルです。ずっと歩いてきたから疲れちゃった」

「きっと、おなかもすいてるんだろ。なにかさがしてあげるよ」

「いいえ、おなかはすいてないんです。あんまりおなかがすいちゃったから、三キロほど手前の農家でごちそうになってきたんです。だから、いまはだいじょうぶ。こんなにおそくなったのも、そこでより道したせいなんです。母さんが病気でたおれて、お金もなにもなくなっちゃったから、アブナー・ムーアおじさんに知らせにいくとこなの。母さんは町の上手のはずれだっていってたけど、いったことはなくて。おばさんは知りませんか？」

「いいや。あたしゃ、この町にきてまだ二週間しかたってないから、知りあいはひとりもいないんだよ。上手のはずれまでは、まだまだ遠いでしょ。今晩はここで泊まっておいきよ。さあ、ボンネットをはずして」

「いいえ。すこし休んだらすぐ出発します。暗いのはこわくないから」

おばさんはひとりでいかせるわけにはいかないといいはった。だんなさんがたぶんあと一時間半ほどで帰ってくるから、そしたら送らせるといった。それから、だんなさんのこと、川の上流の親戚のこと、川の下流の親戚のことやなんかを話しはじめた。そのほかにも、むかしはどれほどいい暮らしをしていたかとか、この町にきたのは大失敗で、あのままむこうにいたらよかった、なんて話をとぎれなしに延々話しつづけた。

しまいには、大失敗はぼくのほうだと思っていた。町のようすがききたかったのに、このおばさんのところにきてしまったんだから。それでも、そのうちぼくの父ちゃんや人殺しの話になったので、そのまましゃべらせておくことにした。ぼくとトム・ソーヤーが六千ドルずつ手にいれたって話もでてきた。ただし、一万ドルにふくれ上がってたけど。それから、父ちゃんがとんでもないごろつきだったこと、ぼくもやっぱりとんでもないごろつきだったことを話したあとに、とうとうぼくが殺されたって話になった。そこでぼくはたずねた。

「だれが殺したんですか？　フッカービルでもその話でもちきりだったけど、ハック・フィンを殺したのがだれなのかは知らないんです」

「ああ、そうだろうね。この町にもだれが殺したのか知りたがってる連中はたくさんいるからね。父親が殺したって考えてる人もいるみたいだよ」

「そ、そうなんですか？」

「最初はみんなそう思ったみたいだね。本人は知らなかったろうけど、あやうくリンチにされるところだったみたいだよ。でも、夜になる前にがらっと話が変わったのさ。犯人はジムっていう逃亡奴隷だってことになってね」

「だけど、どうして……」

その先はいわないでおいた。だまっているほうがいいと思ったからだ。おばさんは、ぼくが口をはさんだことには気づきもしないでつづけた。

「その黒人はハック・フィンが殺された日の夜ににげたっていうんだ。それで、そいつに懸賞金がかけられたんだってさ。三百ドルらしいけどね。それとはべつに、おやじさんのほうにも二百ドルの懸賞金だって。ほら、そのおやじさんはハックが殺された日の朝に、このこのこ町にやってきて、息子が殺されたことを知らせただろ。フェリーの捜索隊に加わったのはいいけど、そのあとすぐに姿をくらましちまったんだよ。夜になる前には、おやじさんをリンチにしようって話になったのに、そのときにはもういなかったたっていうんだ。

そして、つぎの日になってみると、今度はジムがいない。どうやら、ハックが殺された日の夜の十時から、だれも見かけた人はいないってことなんだ。それで、そのジムっていう黒人に罪をおしつけたんだろうね。ところが、そんなさわぎの最中、つぎの日になるとハックのおやじさんがサッチャー判事のところにあらわれて、イリノイ州じゅうジムをさがしてまわるから、そのための金をよこせってさわぎ立てたらしいんだ。判事がいくらかわたすと、その日の夜には、いかにも悪党づらしたよそ者ふたりと夜中まで飲み歩いて、そのままいなくなったってことさ。

　それから姿を見せないんだけど、どうせ、ほとぼりがさめるまではもどってこないだろうって、みんないってるよ。いまじゃ、みんな、やっぱりあの子を殺したのは父親で、強盗がやったように見せかけたんだろうって思ってる。そうすれば、時間のかかる裁判沙汰にわずらわされないで、ハックのお金を手にいれられるだろうからね。みんな、あいつならやりかねないって思ってる。よっぽどずる賢いやつなんだろうね。一年も姿をくらましてれば、あとはもうだいじょうぶ。証拠はなにひとつないし、そのころにはほとぼりもさめてるだろうし、ハックのお金も楽々手にいれられるってわけさ」

「うん、そうだね。それがいちばんうまい方法だって気がする。それで、その黒人が犯人だって思ってる人はいなくなったんですか？」

「いやいや、みんながみんなじゃないよ。大勢が、まだあいつだって思ってる。どっちみち、すぐにつかまるだろうね。そしたら、さんざんおどして、白状させるんでしょう」

「それじゃあ、まだ、つかまえようとしてるってこと？」

「あらやだ、なんて無邪気なこと！　三百ドルもの大金が、いつもそのへんにころがってるとでも思うのかい？　まだ、遠くまでいってないって思ってる人もいるみたいだね。あたしもそうだよ。あちこちでいいふらしたりはしないけど。二、三日前のことだけど、おとなりの丸太小屋に住んでるお年よりの夫婦と話してたらね、その人たちがたまたまいったのさ。あっちに見えるジャクソン島って呼ばれてる島には、まだだれもさがしにいってないってね。その島にはだれも住んでないんですか？ってあたしがたずねたら、だれも住んでないっていうじゃないか。それ以上は話さなかったけど、ちょっと思いあたることがあってね。

話をした前の日だったか、その前の日だったか、あたしはね、あの島のはじっこあたりで煙が上がってるのを、たしかに見たような気がするんだ。それで、思ったのさ。その黒人はあそこにかくれてるんじゃないかってね。さがしてみる価値はあるんじゃないかってね。煙を見たのはそれっきりだったから、もういないのかもしれない。でも、うちのだんなはさがしにいくつもりなのさ。もうひとりといっしょにね。だんなは、川上に用事があってでかけてたんだけど、二時間ほど前に帰ってきてね。あたしは、そのときすぐにそのことを話したのさ」

ぼくはすっかり落ち着きをなくしてしまって、じっとすわっていられなかった。手でも動かしていないといたたまれなくて、テーブルの上に落ちていた針を拾い上げて、糸を通そうとした。手がふるえてしまって、なかなかうまくいかない。おばさんがふいにだまったので顔を上げてみると、あやしいものでも見るようにじっとぼくを見つめている。うっすらと微笑みながら。ぼくは針と糸を置いて、話のつづきをききたくてたまらないような顔をした。実際に、つづきをききたくてしかたなかったんだけど。ぼくはいった。

「三百ドルって、すごい大金ですよね。母さんにもそんなお金が手にはいったらいいのに。だんなさんは、今晩でかけるんですか?」

「ああ、そうだよ。いまは、いっしょにいく人とボートを借りに町にでかけてるのさ。銃ももう一丁ほしいしね。ふたりは真夜中すぎにはでかけるつもりだよ」

「明るくなるまで待ったほうが、もっとちゃんと見えるんじゃないかな?」

「そうだね。だけど、相手からもよく見えるってことだろ？　真夜中すぎにはぐっすり眠（ねむ）ってるだろうから、森のなかを気づかれずに歩きまわれるだろうし、暗いほうがたき火だって見つけやすいだろ？　火をたいていればの話だけどね」

「それは考えつかなかったな」

おばさんは、あいかわらずあやしいものを見るようにぼくを見つめているので、ますます落ち着かなくなった。すると、おばさんが急にたずねてきた。

「あんたの名前はなんていったかね？」

「メ、メアリ・ウィリアムズです」

さっきはメアリとはいわなかったような気がして、顔を上げられなかった。そうだよ、さっきはサラっていったような気がする。心のなかは、しまったという思いでいっぱいで、それが顔にもでていないか心配だった。もっとなにか話してくれればいいのに、おばさんがだまっている時間が長くなればなるほど、ぼくはどんどん落ち着かない気持ちになっていく。ようやく、おばさんが話しかけてきた。

「ねえあんた、さっきはサラっていわなかったかね？」

「ああ、はい。サラ・メアリ・ウィリアムズっていうのがほんとなんです。サラって呼（よ）

ぶ人もいるし、メアリって呼ぶ人もいるから」

「なるほど、そういうことかい」

「はい、そうなんです」

すこし気分がよくなった。でも、もうここにはいたくなかった。まだ、顔も上げられないんだけれど。

そのあと、おばさんはまた、おしゃべりをはじめた。生活のきびしさだとか、むかしはどれほど貧しかったかとか、ネズミどもがわがもの顔であばれまわってこまるとかいった話がつぎつぎでてくるので、ぼくもまた落ち着いてきた。

ネズミの話はおばさんのいう通りだった。部屋のすみにあいた穴から、ひっきりなしにチョロチョロと鼻をのぞかせている。ひとりでいるときには、なにか投げつけるものを手元に用意しておかないと、気が休まらないんだということだ。おばさんは鉛の棒をねじって結び目みたいにしたものを見せてくれた。いつもはとてもうまく投げつけられるんだけど、一、二日前に腕をひねってしまったので、いまはうまくいくかどうかわからないといった。

それでも、待ちかまえていて、でてきたネズミめがけて投げつけた。大きくはずれてしまったうえに、「痛い！」と叫んだ。腕がずいぶん痛んだみたいだ。それから、今度はぼくにやってみろという。ほんとうはだんなさんが帰ってくる前にでていきたかったけれど、もちろん、そんなことはいいだせない。鉛の棒を受けとると、最初に鼻をつきだしたネズミめがけて投げつけた。もし、そのネズミがじっとその場にいたとしたら、かなり痛い目にあったはずだ。おばさんも、たいしたもんだ、つぎはあたるだろうといってほめてくれた。

おばさんは鉛の棒を拾うと、毛糸の束を持ってきて、巻きとるのを手伝ってくれといった。ぼくが両手をつきだすと、そこに毛糸の束をひっかけて、おばさん自身のことや、だんなさんのことを話しはじめた。ところが、その話をやめてこういった。

「ネズミから目をはなしちゃだめだよ。鉛の棒はすぐつかめるようにひざの上に置いておくといい」

おばさんはそういって鉛の棒をひざの上に落としたので、ぼくはあわてて足をとじて受けとめた。おばさんは話しつづけたけど、一分もたたないうちに毛糸の束をぼくの手からはずして、まっすぐにぼくの顔をのぞきこんだ。といっても、表情はにこやかだ。

「さてさて、あんたのほんとうの名前はなんていうんだい？」

「え、えっと、どういうことですか？」

「ほんとうの名前をきいてるのさ。ビルかい？　トムかい？　それともボブ？　さあ、いってごらん」

たぶんぼくは、木の葉みたいにぶるぶるふるえていたと思う。どうしたらいいのか、なんにも思いつかない。それでも、なんとかこういった。

「どうか、わたしみたいなあわれな女の子をからかうのはやめてください。もし、ご迷惑なら、すぐにでもここを……」

「いいや、でていっちゃいけないよ。さあ、すわってゆっくりしなさいな。あんたを傷つけようなんて思っちゃいないんだから。それに、だれにも告げ口なんかしないから。さあ、話してごらん。あたしを信用して。秘密は守るし、あんたの助けになりたいんだよ。もし、あんたがそうしてほしいっていうなら、うちのだんなだって助けてくれるから。わかってるよ。あんたは見習い修業からにげてきたんだね。そんなこと、なんでもないよ。あんたは悪くない。きっとひどいあつかいを受けたんだろうね。それで、にげだそうってきめたんだろ。あたしはだれにもいわないよ。さあ、いい子だから、なにもかも話しちまいな、ぼうや」

それで、ぼくはいった。

「これ以上お芝居をしてもなにもならないから、思い切って、なにもかも話します。どうか、だれにもいわないっていう約束を守ってください」そして、つづけた。「父さんと母さんは死んでしまいました。そのあと、法律のきまりで川から五十キロほど奥にはいった田舎の農場の意地の悪い年よりのところに働きにだされました。そこであんまりひどい目にあわされたもんだから、とうとうがまんができなくなって……。

たまたま、その年よりが二、三日でかけることになったんで、その人の娘さんの服を盗んでにげだしたんです。夜のあいだだけ歩いて、三日で五十キロ進みました。昼間は寝てました。パンと肉をたっぷりカバンにつめて持ってきたから、ごはんはそれで足りました。きっと、アブナー・ムーアおじさんなら、ぼくのめんどうを見てくれると思うんです。だからぼくは、このゴシェンの町めざしてやってきたんです」

「ゴシェンだって？　ここは、ゴシェンじゃないよ、セント・ピーターズバーグだよ。ゴシェンなら、まだ十五キロほど川上だ。ここがゴシェンだなんて、だれがいったんだい？」

「きょうの夜明けごろ、いつも通り、森にはいって寝ようかと思ってたときに出会った男の人です。この先、道が二股に分かれてるから、右をいったら八キロほどでゴシェンだ、って」

「きっと酔っぱらってたんだろうよ。とんだでたらめさ」

「そういえば、酔っぱらってたみたいです。でも、いまはもうどうでもいいや。すぐにでかけなくちゃ。夜が明ける前にゴシェンまでいきたいんです」

「ちょっとお待ち。なにか食べる物を用意するよ。あったほうがいいだろ」

おばさんは、食べ物を持ってくると急にたずねてきた。

「いいかい、寝そべってる牛が立ち上がるとき、前とうしろ、どっちから立ち上がる？　すぐに答えるんだ。考えちゃだめだよ。さあ、どっち？」

「うしろ足からです」

「じゃあ、馬は？」

「前足です」

「木にコケが生えるのはどっち側？」

「北側です」

「丘で牛が十五頭、草を食べてるとしたら、何頭がおなじ方向をむいて食べてる？」

「全部です。十五頭全部」

「ふーん、どうやらあんたはほんとうに田舎で暮らしてたみたいだね。てっきり、それも嘘かと思ったよ。さあ、それで、今度こそほんとうの名前は？」

「ジョージ・ピーターズです」

「いいかい、ジョージ、その名前をしっかり覚えておくんだよ。すぐに忘れて、でかけるときにはエレクザンダーだなんていいださないでおくれ。あたしにとっちめられて、ジョージ・エレクザンダーなんです、なんていうんじゃないよ。それに、そんなぼろいドレスを着て、女の子のふりをするのもやめときな。おそろしくへたくそだからね。まあ、男ならだませるのかもしれないけど。

いいかい、ぼうや、針穴に糸を通すときには、針をしっかり持って、そこに糸を通すんだよ。糸を動かさないで、針を近づけるんじゃなしにね。それが女のやり方ってもんだ。男どもはいつもその逆をやろうとするんだから。

それにね、相手がネズミでもなんでも、物を投げつけようってときには、つま先立ちで近よって、さもおそろしそうに手を頭の上高くに上げて、ネズミから二メートルもはなれたところにぶつけるんだよ。腕は棒切れみたいにのばしたまま、肩だけまわして投げるっていうのが、女の子のやり方さ。あんたがた男の子みたいに、腕をしっかりひいて、ひじと手首を使って投げるんじゃなしにね。

それともうひとつ、女の子は落ちた物を、足をひらいてスカートで受け止めるんだってことも覚えておくんだね。あんたが鉛の棒を受け止めたときみたいに、ピシャッと足をとじたりしないんだよ。あんたが針穴に糸を通そうとしてるのを見て、ぴんときたけど、たしかめるために、ひとつふたつためしてみたのさ。

さあ、おじさんのところに走っていきなさい、サラ・メアリ・ウィリアムズ・ジョージ・エレクザンダー・ピーターズ。もし、なにかめんどうな目にあったら、ミセス・ジュディス・ロフタスまで知らせるんだよ。それがあたしの名前だから。そしたら、できるだけのことはしてあげるよ。

川沿いの道をはずれるんじゃないよ。今度また遠出するときには、靴と靴下は忘れないでね。川沿いの道は石ころがごろごろしてるから、ゴシェンに着くころには、あんたの足はひどいことになってるんじゃないかって、心配だよ」

ぼくは土手の上を五十メートルほど川上にむかって進んでから逆もどりして、おばさんの小屋からすこしばかり下流の、カヌーをかくしてある場所にすべりこんだ。カヌーにとび乗ると大あわてで漕ぎだす。島の先端にさしかかるあたりまで進んでから、川を横切りはじめた。日よけのボンネットははずしてしまった。もう、女の子のふりをする必要はないからだ。

川のまんなかあたりまできたとき、町の時計台が時を告げはじめた。ぼくは漕ぐ手を止めて耳をすました。水面をわたるその音はかすかだけどはっきりきこえた。十一時だ。島の先端に着いたときには息も絶え絶えだったけれど、息がととのうのも待たずに最初にキャンプしていた林にとびこみ、小高い乾いたところで火をおこしてじゃんじゃん燃やした。

それから、またカヌーにとび乗ると、二キロほど下流の洞窟の下めがけて必死で漕いだ。上陸すると森を走りぬけ、山をのぼり、洞窟にかけこんだ。ジムは横になってぐっすり眠っていた。ぼくはジムを起こしていった。

「さあ、起きてしゃんとするんだ！　ぐずぐずしてる時間はないよ。追手がくるんだ！」
ジムはなにも問い返さなかったし、それどころか、ひとこともしゃべらなかった。それでも、それから三十分ほどの働きぶりを見ると、どんなにおそろしがっているのかがわかった。持ち物のなにからなにまでを筏に積んで、かくし場所のヤナギのかげの入り江からいつでもおしだせる準備がととのった。ぼくたちは、まず洞窟のたき火を消して、そのあとは、ロウソクのあかりももれないようにした。

ぼくはカヌーをすこしだけ岸辺から漕ぎだして、まわりのようすをさぐった。でも、ボートが近くにいるとしても、星明かりだけでは暗すぎてなにも見えない。そこでぼくたちは筏をだして、島のかげを静かに下った。ぼくたちはひとこともことばをかわさずに、おそろしいほど静かな島のはしを通りすぎた。

筏がようやく島のはしまで下ってきたのは、たぶん一時になるころだった。とにかく、筏の進みぐあいのおそさにはやきもきさせられる。もし、筏にボートでも近づいてきたら、カヌーにとび乗って、イリノイ州側の岸めがけて漕ぎだすつもりだった。でも、近づくボートがいなくて助かった。なにしろ、カヌーに銃だの釣り糸だの、食べ物だのを積んでおくってことまで気がまわっていなかったからだ。あんまりあせっていたせいで、ほかのことを考える余裕なんかなかったんだ。筏の上になにもかも積んでおくのは、あんまり賢い

やり方じゃないかもしれない。

もし、あの女の人のだんなさんたちがジャクソン島にいったとしたら、ぼくがおこしておいたたき火に気づいて、一晩じゅうジムがもどるのを待っててくれないかと期待していた。とにかく、その人たちがぼくたちに近づいてくることはなかった。ぼくがおこしたたき火にだまされなかったとしても、それはそれでしかたない。すこしでも目をくらましてやろうと思っただけなんだから。

空に一筋、日の出のきざしがあらわれたころ、ぼくたちは筏をイリノイ州側の川が大きく曲がったところにある砂州につないだ。それから、斧で切ったポプラの枝で筏をおおった。ちょっと見には、そこの部分で土手がくずれ落ちてるみたいになった。その砂州には馬鍬の歯みたいに、ポプラがびっしりはえているんだ。

川のそのあたりでは、ミズーリ州側は山ばかりだし、イリノイ州側は深い森になっている。それに、水路はミズーリ州側を通っているので、だれかが近づく心配はない。ぼくたちは、一日じゅう寝ころんだまま、ミズーリ州側をいきおいよく下っていく筏や蒸気船や、流れに逆らってまんなかあたりをのぼっていく蒸気船なんかをながめてすごした。

ぼくはあの女の人としゃべったときのことを全部ジムに話した。

「その人はすごく頭のいい人だな。もし、追いかけるのがその女の人だったら、ぼんやりたき火をながめてたりしないで、犬をつれてきたにちがいない」ジムはそういった。

「それなら、だんなさんに犬をつれていけ、というかもしれないじゃないか」

「おおかた、男たちがでかける直前になって思いついたんだろうさ。それから町まで犬を借りにいったせいで、出発がおくれたのさ。そうじゃなきゃ、おれたち、町から二十五キロも下ったこの砂州にたどり着くことはできなかっただろうな。きっと、いまごろ、あの町につれもどされてたにちがいない」

「まあ、どうしてなのかはどうでもいいや。つかまらなけりゃ、それだけでじゅうぶんだよ」

だんだん暗くなりはじめたので、ぼくたちはポプラの茂みから頭をつきだして、川の上流から下流、むこう岸まで見わたした。なにも見あたらない。そこでジムは筏の上にはってある板を何枚かはがして、掘立小屋をこしらえた。かんかん照りのときや雨のときには居心地よさそうだし、荷物をぬらさずにすむ。ジムはその小屋に、筏の表面から三十センチも底上げした床も作った。これなら、筏が蒸気船の波をかぶっても、毛布やほかの荷物をぬらさずにすむ。それから、小屋のまんなかに十五センチほどの厚さに土を盛って、くずれないように枠で囲った。じめじめした天気のときや寒いときには、そこでたき火ができる。小屋のなかだから、火を見られる心配もない。

それから、舵とり用のオールの予備も作った。ほかのオールが流木やなんかでこわれるかもしれないからだ。二股になった短い枝でランタンをぶらさげる台も作った。下ってくる蒸気船を見かけたら、かならずランタンの火を灯しておかないと、衝突されてしまうかもしれない。でも、川をのぼってくる船なら、ぼくらの筏の進路と重ならないかぎり、ランタンを灯す必要はない。いまの時期は、川の水かさがすごく高いので、土手の低いところはまだ水の下だ。蒸気船もわざわざ流れのはやい水路を進まなくてもだいじょうぶで、流れのゆるいところを選んでのぼってくるから、ぶつかる心配はほとんどなかった。

二日目のこの夜、ぼくたちは七、八時間下りつづけた。流れは一時間あたり七キロほども筏を運んでくれる。ぼくたちは釣りをしたり、おしゃべりしたり、眠気ざましにときどき泳いだりした。筏にあおむけに寝そべって、星空をながめながら大きくて静かな川を下っていると、なんだかおごそかな気分になって、大声で話す気分にはなれないし、めったに笑い声をあげることもなかった。笑うにしても小さな声でくすくすいうぐらいだ。この夜、天気はもうしぶんないし、なにか気がかりなこともぜんぜん起こらなかった。それは、そのつぎの夜も、そのまたつぎの夜もおなじだった。

毎晩、いくつも町のそばを通りすぎた。黒々とした丘の上にあって、明かりが見えるだけで家なんか一軒も見えない町もあった。

五日目の夜、ぼくたちはセント・ルイスを通りすぎた。世界じゅうが明かりを照らしているようなまぶしさだ。セント・ピーターズバーグにいるとき、セント・ルイスには二、三万人も人が住んでるってきかされていたけれど、静かな夜中の二時だというのに、明かりが煌々と照っている景色をこの目で見るまで信じられなかった。しかも、こんなに明るいのに、物音ひとつしない。みんな眠ってるんだ。

毎晩、十時ごろになると、どこか小さな村の岸辺からこっそり上陸して、十セントか十五セント分ぐらいのベーコンだのなんだのと食べ物を買ってくるようになった。おとなしく眠っていないニワトリをちょうだいしてくるときもある。父ちゃんはいつもいっていた。チャンスがあるときは、いつでもニワトリをちょうだいしろって。自分自身には必要なくても、ほしがってる人はかんたんに見つかるからってことだ。親切にされれば忘れる人はいない。まあ、父ちゃんがニワトリを必要としていないなんてところは見たことないけど、とにかく、いつもそんなふうにいっていた。

日がのぼる前の朝方、ぼくはトウモロコシ畑にしのびこんで、スイカやメロン、カボチャや新鮮なトウモロコシやなんかを「拝借」してくる。拝借するのはなんにも悪くないって、父ちゃんはいつもいっていた。いつか、返すつもりがあるんならだ。でも、ダグラス未亡人は、それはただ「盗み」を遠まわしにいってるだけで、まともな人間はけっしてやらないんだという。ジムがいうには、父ちゃんも未亡人も、半分ずつ正しいってことだ。だから、いちばんいいのは、たくさんのもののなかからふたつかみっつ選んで、それはこの先ぜったい拝借しません、と誓えば、ほかのものは拝借しても問題はないんだそうだ。

　それで、ぼくたちはある日、川を下りながら一晩じゅう、この先拝借しないものをなんにするか話しつづけた。スイカか、マクワウリか、メロンか、それともほかのものか。結局、朝になるころ、ふ

たりの意見が一致した。酸っぱいクラブアップルと柿にすることになったんだ。それまでは、なんとなくうしろめたい気持ちがあったけれど、おかげでいまでは、すっかり気が晴れた。ぼくはこの結論に大満足だった。クラブアップルはあんまりおいしくないし、柿はまだ二、三か月しないと熟さないからだ。

ぼくたちはときどき水鳥を撃った。早起きしすぎた鳥か、夜になってもちゃんと寝なかった鳥だ。あれやこれや考えると、ぼくたちはずいぶんぜいたくに暮らしていた。

それは五日目の夜のことだった。セント・ルイスの下流で、ぼくたちは大きな嵐に巻きこまれた。真夜中すぎにはげしい雷が鳴って、稲妻が走り、分厚い幕のような強い雨が降ってきた。ぼくたちは掘立小屋にとじこもって、筏を流れるままにした。稲妻が光ると幅の広い川がまっすぐにのびているのが見えた。両岸には岩でごつごつした崖が切り立っている。しばらくして、ぼくは叫んだ。

「ねえ、ジム、あそこを見て!」

それは、岩にぶつかってこわれた蒸気船だった。ぼくたちの乗った筏は、その船めがけてまっすぐに下っている。稲光でその船の姿がはっきり浮かびあがった。ななめにかたむいていて、甲板は半分水につかっている。稲妻が光るたびに煙突の張り綱一本一本までくっきり見える。大きな鐘のそばに椅子があって、その背に古ぼけた帽子がかかっているのまで見えた。

真夜中だし、嵐が吹き荒れているし、なんだかものすごく不気味だ。そんなとき、川のまんなかで悲しそうに、さびしそうに横たわっている難破船を目にしたら、どんな子どもでもおなじ気持ちになると思う。つまり、あの船に乗り移って、なにがあるのかさがしまわりたい。それで、ぼくはいった。

「あの船に乗ろうよ、ジム」

最初、ジムはものすごく反対した。

「難破船をこそこそかぎまわるなんて、おれはいやだよ。これまで、うまくやってきたんだから、このままよけいなことはやめておこう。聖書にだって『足るを知れ』って書いてある。それに、見張りがいるかもしれないし」

「見張りなんかいるわけないよ。水につかってないのは高級船員室だのパイロット室だののあるいちばん上の階だけなんだから。だれがわざわざ命がけでそんなもの、見張ってるっていうのさ。いつばらばらになって沈んじゃうかもしれないっていうのに」

ジムはなにも思いつかないのか、だまったままだ。

「それに、船長室でなにかいいものを拝借できるかもしれないよ。きっと上等な葉巻なんかがあるんだろうな。一本五セントもするようなやつだよ。蒸気船の船長はすごく金持ちなんだ。毎月六十ドルももらってるし、ほしいものがあったら値段なんか気にしないんだ。ポケットにロウソクいれるの忘れないでよ。ぼくはあの船を調べたくってうずうずしてるんだ。トム・ソーヤーだったら、見すごすと思う？　ぜったいそんなことしないよ。これこそが冒険だっていうだろうな。なにがなんでも、かならずあの船に乗るよ。それにトムのことだから、派手にやるんだろうな。それでもって、さんざん自慢するのさ。クリストファー・コロンブスが天国を発見したかと思うぐらいいばるだろうな。ああ、トム・ソーヤーがいたらおもしろいのに」

ジムはしばらくぶつぶついっていたけど、結局あきらめた。ただし、なるべくしゃべらないようにしないとだめだし、しゃべるときには小さい声じゃなきゃだめだといった。ちょうどうまいぐあいに稲妻が光って難破船が見えたので、ぼくたちは筏を右舷によせて、荷揚げ用のクレーンにしっかりもやい綱を結んだ。

そのあたりの甲板は水面より高い。ぼくたちはかたむいた甲板を左舷の高級船員室にむかってそろそろ進んだ。ゆっくり足でさぐりながら、張り綱にあたらないよう、両手を広げる。まっ暗闇なので、綱がどこにあるのかぜんぜん見えないからだ。ぼくたちはすぐに天窓のいちばん船首よりのところにたどり着いた。よじのぼってなかに踏みこむと、目の前は船長室のドアで、あきっぱなしになっている。しかも、高級船員室の廊下の奥には、なんと明かりがついていた！　そして、それと同時に、そっちから低い声がきこえてきた！

ジムがものすごくいやな感じがする、すぐひき返そうとささやいた。ぼくもわかったといった。筏にもどろうと動きはじめたら、大声で泣きわめくような声がきこえた。

「たのむ、お願いだ。ぜったいにだれにもいわないから！」

もうひとりの声が、大声でどなる。

「嘘つくんじゃない、ジム・ターナー。きさまは前にもおなじことをいっただろ。いつだって、分け前をよけいにほしがって、手にいれてきたじゃないか。よこさないと人にばらすってゆすったからだ。だがな、今回ばかりは許さねえぞ。きさまはな、この国でいちばんのくさりきったうすぎたねえ犬ちくしょうなんだよ」

そのころには、ジムはもう筏にもどりはじめていた。でもぼくは、このあとどうなるんだろうとわくわくしていた。そして、自分自身に問いかける。もし、トム・ソーヤーなら

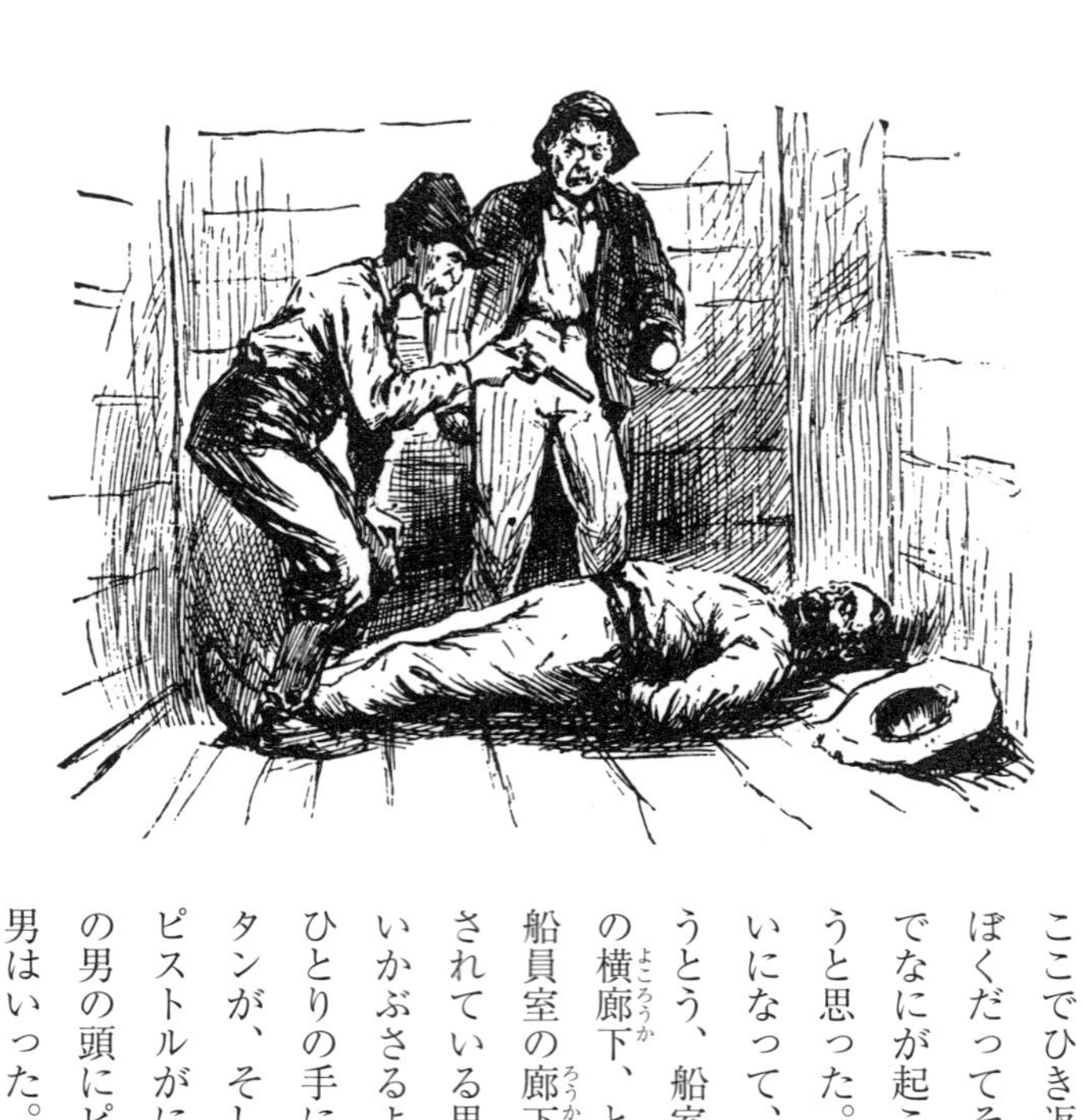

ここでひき返したりしないだろ？　ならば、ぼくだってそうだ。ぼくは、いったいここでなにが起こっているのかたしかめてやろうと思った。そこで、狭い廊下でよつんばいになって、暗闇のなかをはい進んだ。とうとう、船室ひとつ分先は高級船員室の前の横廊下、というところまでいった。高級船員室の廊下に、手足をしばられてころがされている男の人が見えた。その人におおいかぶさるように、男がふたり立っている。ひとりの手にはぼんやりと火の灯ったランタンが、そして、もうひとりの男の手にはピストルがにぎられていた。その男は、床の男の頭にピストルのねらいをつけている。男はいった。

「覚悟しやがれ！　もう、がまんならねえ、この下衆野郎め！」

床の男はすっかり縮み上がっている。「たのむよビル。撃たないでくれ。だれにもいわないから」

そのことばをくり返すたび、ランタンを持ったほうの男は声をあげて笑った。

「ああ、だれにもいえないだろうよ！　これほど、たしかなことはないぞ」さらにつづける。「たのむよ、だと！　おれたちがたたきのめしてしばりあげてなけりゃ、おれたちふたりのほうが殺されてただろうにな。なんのためにかって？　理由なんかねえんだ。ただ、おれたちが当然の分け前を求めたからってだけじゃないか。だがな、もうこれでだれかをおどすこともできないんだよ、ジム・ターナー。ピストルをしまえよ、ビル」

ビルはいった。

「やなこった、ジェーク・パッカード。おれはこいつを殺すのさ。この野郎はハットフィールドじいさんをピストルで殺したんだぞ。当然のむくいだろうが」

「だがな、こいつが殺されるのはこまるんだ。ちょいとわけがあってな」

「ああ、ありがたや、ジェーク・パッカード！　あんたのことは一生忘れないよ！」床の男はべそをかきながらいった。

パッカードはそのことばを無視して、ランタンを釘にひっかけ、ぼくのいる暗がりのほうにむかって歩きながら、ビルにいっしょにこいと合図している。ぼくは大あわてでうしろむきに二メートルほど進んだ。でも、船がかたむいているので思うように進まない。それで、やつらに踏みつけられないように、船室のひとつにとびこんだ。パッカードは手さぐりで暗がりを進んでくる。ぼくのいる部屋までくると、パッカードはいった。

「ここだ、はいれよ」

そういって、パッカードがはいってくる。うしろからビルもはいってきた。でも、ふたりが部屋にはいる前に、ぼくは寝台の上の段にのぼっていた。どこにもにげ場はない。こんなところにくるんじゃなかった。ふたりは、寝台の縁に手をかけて立ったまま話している。ぼくからふたりは見えないけれど、どこにいるかはわかる。ウィスキーのにおいがするからだ。ぼくはウィスキーを飲んでなくてよかった。でも、どっちみち大したちがいはない。ぼくはほとんど息をしないでいた。こわくてこわくて息もできなかったんだ。こんな話をきかされていたら、だれだって息もできないだろう。ふたりは低い声で熱く語っている。ビルはターナーを殺したがっている。ビルはいった。

「やつはだれかにいうぞ。かならずな。いまになっておれたちの分の分け前もやるといったって、もうおそいさ。さんざん痛めつけたあとだからな。やつはかならず裁判で証言するだろうよ。だからおれのいう通りにするんだ。やっかいなことになる前に、しまつするんだ」

「ああ、おれもそう思うよ」パッカードがびっくりするぐらい静かにそういった。

「なんだよ、てっきりおまえにはその気がないのかと思ってたよ。ならいいんだ。さっさとやっちまおう」

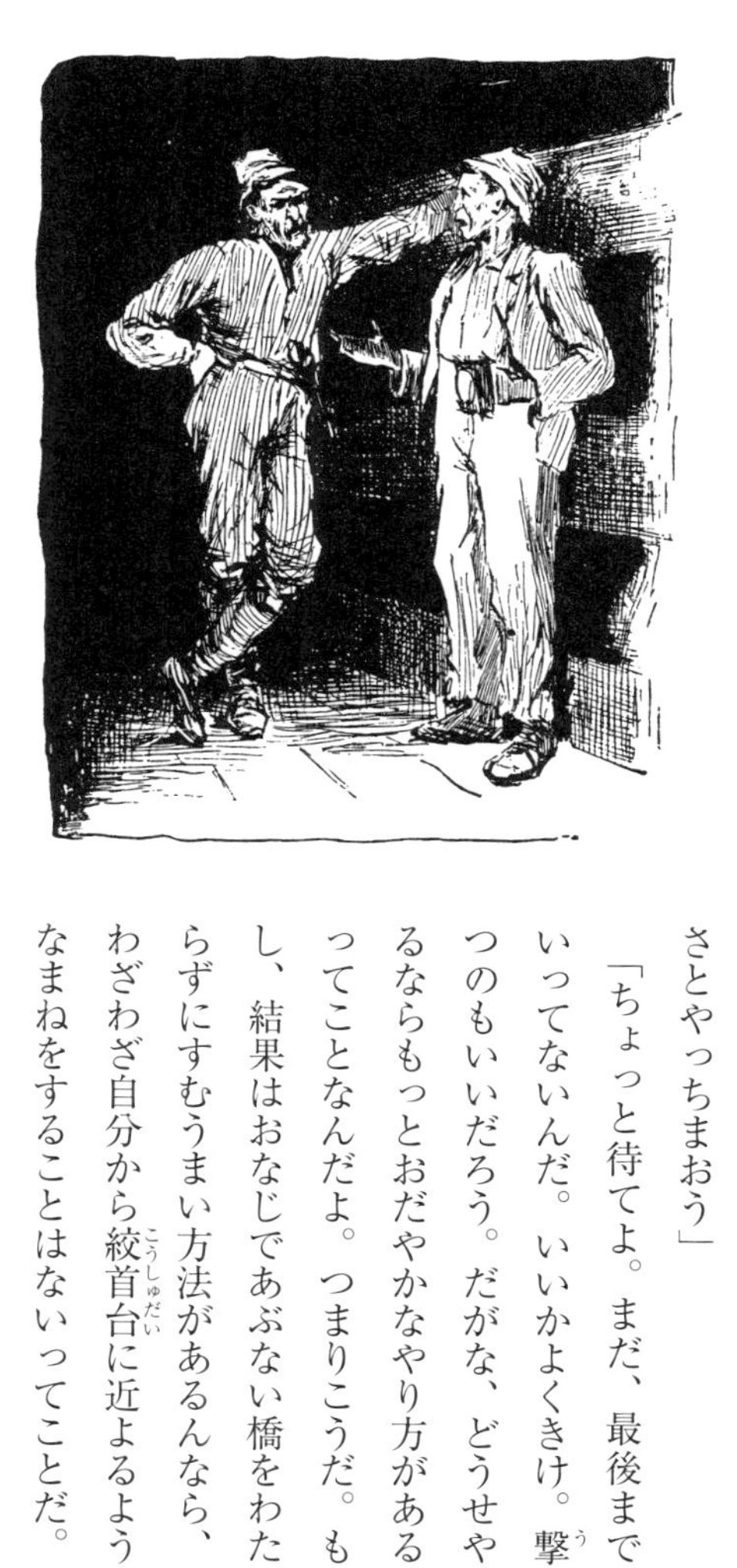

「ちょっと待てよ。まだ、最後までいってないんだ。いいかよくきけ。撃つのもいいだろう。だがな、どうせやるならもっとおだやかなやり方があるってことなんだよ。つまりこうだ。もし、結果はおなじであぶない橋をわたらずにすむうまい方法があるんなら、わざわざ自分から絞首台に近よるようなまねをすることはないってことだ。

な、そうだろ？」

「ああ、たしかにな。だが、いったいどうしようってんだ？」

「まずはこうだ。おれたちで、船じゅうさがしまわって、船室で見落としてたものを全部かき集めるんだ。そして、それを岸に運んでかくしておく。あとは、待つだけだ。どうせ、この船は二時間もしないうちに、ばらばらにこわれて流されちまう。わかるか？　やつはおぼれ死ぬんだよ。そうなりゃ、あいつ以外につべこべいうやつなんかいない。おれたちの手で殺すよりずっといいだろ？　おれは人殺しなんかやりたくないんだ。もし、やらずにすむ方法があるんならな。人殺しなんか賢い人間のやることじゃないし、気分も悪い。そう思わないか？」

「そうだな。おまえのいう通りだよ。だがな、もしばらばらにこわれないで、流されなかったら……」

「まずは、二時間待ってみればいいだろ。な、そうだろ？」

「ああ、わかったよ。それじゃあ、さっそくはじめようぜ」

そういって、ふたりはでていった。ぼくはいそいで部屋をでた。冷や汗をびっしょりかいて、まっ暗闇のなかをころげるように進む。ぼくがかすれ声で「ジム！」とささやくと、すぐ近くで返事があった。うめき声みたいな返事だ。それで、ぼくはいった。

「いそごう、ジム。ぐずぐずして、うめき声なんかあげてるひまはないよ。あいつら、人殺しの強盗なんだ。あいつらのボートを見つけだして、川に流しちゃおう。そうじゃないと、あいつら、この船からにげだしちゃうよ。そうしたら、あいつらのうちのひとりは、ひどい目にあうんだ。でも、もしボートを見つけたら、あいつら三人をひどい目にあわせることができる。保安官がつかまえてくれるよ。さあ、いそいで！　ぼくは左舷側をさがすから、ジムは右舷をたのむ。筏のところからはじめて、それから……」

「ああ、神様、神様！　筏だって？　筏なんかもうないんだよ。ロープがほどけて流されちまった！　おれたちはここにいるっていうのに！」

13

ぼくは息をのんだ。気を失ってしまいそうだ。あんな悪党どもといっしょに、難破船にとじこめられるなんて！　でも、めそめそしてるひまなんかない。こうなったら、なんとしてもやつらのボートを見つけださないと。ぼくたちが乗るために。ぼくたちは、がたがたぶるぶるふるえながら右舷側をおりていった。あんまりのろのろとしか進めないので、船尾に着くまで一週間はかかるんじゃないかと思ったぐらいだ。ボートはどこにも見つからない。ジムは、もうこれ以上一歩も先に進めそうにないといった。あんまりおそろしす

ぎて、体じゅうの力がぬけてしまったというんだ。それでもいこうとぼくはいった。このままこの難破船にとりのこされたら、まちがいなくおそろしいことになる。

それで、ぼくたちはまた進みはじめた。上部甲板の船尾を目ざしてやっとそこにたどり着いた。それから、天窓の鎧戸から鎧戸へとしがみつくようにしてさらに進む。天窓のはしは水につかっていた。横廊下のドアのすぐそばまで近づくと、そこにボートがあった。助かった！　ほんのすこし見えているだけだったけど、心から感謝した。あともうちょっとで、ボートに乗りこめる。

ところが、ちょうどそのときドアがあいて、あいつらのうちのひとりが頭をつきだした。六、七十センチはなれているかいないかの距離だ。ぼくはもうだめだと思った。ところが、そいつは頭をひっこめるといった。

「おい、ビル、ランタンの光を外にもらすんじゃない！」

そいつは、なにかがはいったバッグをボートに放りこみ、つづいて自分も乗りこんだ。パッカードだ。つぎにビルがあらわれて、乗りこんだ。パッカードが低い声でいった。

「よし、いいな。ボートをだせ！」

ぼくは、体の力がすっかりぬけて、やっとのことで鎧戸にしがみついていた。ところが、ビルがいう。

「ちょっと待てよ。なあ、おまえ。やつの体はまさぐったか？」

「いいや。おまえは？」

「おれもだ。ってことは、やつはまだ分け前の金を持ってるってことだな」

「じゃあ、もどろう。持ち物はいただいたのに、金をおいてく手はないからな」

「だけどよ、ジムはおれたちがなにをしようってのか、疑わないか？」

「それはだいじょうぶだろ。だが、とにかく金はとってこよう。さあ、いくぞ」

ふたりはボートをおりて、またもどっていった。

ドアがバタンとしまった。船がかたむいているからだ。それから、一秒もたたないうちに、ぼくはボートに乗りこんでいた。ジムもころがりこむようにぼくにつづいた。ぼくはナイフをとりだしてロープを切り、ボートをだした。

ぼくたちはオールにはさわりもしなかった。話すどころかささやきもしない。それどころか、息もほとんどしていないほどだった。ボートはいきおいよく進んだ。まったく音を立てずに外輪のカバーの横を通り、船尾も通りすぎた。それから、ほんの二、三秒のうちに、ボートは難破船から百メートルもはなれていた。船は闇に包まれて、もうなにも見えない。ぼくたちは助かったんだ。
三、四百メートルほど下ったところで、上部甲板のドアのところに、一瞬、ランタンの火が見えた。小さな火花のようだった。あの悪党どもは、ボートがなくなったことに気づいただろう。そして、ジム・ターナーとおなじように、自分たちもとんでもない目にあうことに気づきはじめたことだろう。
ようやくジムがオールをにぎって、ぼくたちは筏のあとを追いかけはじめた。いまごろになって、ぼくはやっとあの連中のことが心配になってきた。それまでは、そんな余裕はなかった。いくら人殺しだとしても、あんな目にあうのはどんなにおそろしいことだろう。ぼくだって、いつか人殺しにならないとも限らない。そうなったら、どんな気がするだろう。それで、ジムに話しかけた。

「最初の明かりが見えたら、百メートルぐらい上流か下流で上陸しよう。ボートはどこか安全な場所にかくして、ジムもそこにかくれてればいいよ。そしたら、ぼくが適当に作り話をして、あの船からあいつらを助けだすようにしむけてくるから。そのあとは、しばり首にされるなら、されるだろうし」

でも、この考えはうまくいかなかった。すぐにまた嵐がやってきたからだ。この嵐はさっきまでのものより、さらにはげしかった。雨が降り注いで明かりはどこにも見えない。みんなベッドで眠ってるんだと思う。ぼくたちは、町の明かりが見えないか、筏がないかと目をこらしながら、すごいいきおいで川を下った。ずいぶん時間がたってから、ようやく雨があがった。でも、雲はのこっていて、雷が鳴りつづけている。しばらくすると、前のほうに稲光で黒いものが見えた。ぼくたちはそれに近づいた。

それはぼくたちの筏だった。もう一度乗ることができて、ほんとうにうれしかった。ちょうど、下流の右岸に明かりも見えてきた。それで、ぼくはあそこにいかなくちゃといった。乗ってきたボートには、あの悪党たちが難破船から盗んだものがごっそり積んであった。ぼくたちはそれを筏の上に山のように積み上げた。ぼくはジムにこのまま筏で下って、三キロぐらい進んだと思ったところでランタンに明かりを灯して、ぼくがもどるまでつけておくようにたのんだ。

それから、ぼくはオールをにぎって、さっき見えた岸の明かりめがけて漕ぎだした。近づくと、丘の斜面に三つ、四つとほかの明かりも見えてくる。それは村だった。ぼくは最初に見えた明かりの上流でボートを岸によせ、オールは漕がずに流れにまかせた。通りすぎるとき、その明かりが、双胴のフェリーボートの船首の旗竿に下げられたランタンなのがわかった。どこかに見張りが眠ってるだろうと思って、ぼくはあちこちさがしてみた。すると、船首にある係柱に腰かけて、頭をひざのあいだに落として眠っている男の人が見つかった。ぼくはその人の肩を二、三回こづいて、泣き声をあげはじめた。

その人はびっくりしてとび起きたけれど、そこにいるのがぼくだとわかって安心したのか、大あくびをしながらうーんとのびをした。

それから、たずねてきた。

「やあ、どうしたんだい？　ほらぼうず、泣かないで。いったい、なにがあったんだ？」

ぼくはいった。

「父ちゃんと母ちゃん、それに妹と……」

ぼくはそこで泣きくずれた。すると、その見張りがいう。

「おいおい、そんなに泣くなよ。だれにだってつらいことはあるさ。それでも、なんとかなるもんだ。さあ、なにがあったのか話してみろよ」

「みんなが……みんなが……。おじさんはこの船の見張りなんですか？」

「ああそうだ」それから、ちょっといばるようにつづける。「おれはこの船の船長で、持ち主で、航海士で、水先案内人で、見張りで、甲板長なのさ。ときどきは、積み荷だったり乗客だったりもするけどな。おれはジム・ホーンバックのだんなみたいに金持ちじゃないから、トムだのディックだのハリーだの、相手かまわず気前よくふるまって、金も使い放題なんてわけにはいかない。けどな、おれはだんなになんべんもいってやったんだ。たのまれたっておれたちの立場を交換する気なんかないってな。おれは生まれついての船乗りで、なにもおもしろいことのない町から三キロもはなれたところに暮らすなんざ、いくら金を積まれたってまっぴらだともいってやった。それにな……」

ぼくはそこで口をはさんだ。

「みんな、とんでもなくおそろしい目にあってるんです。それに……」

「みんなってだれのことだ？」

「父ちゃんと母ちゃん、妹とフッカーさんですよ。どうかこの船であそこにいってください」

「あそこ？　その人たちはどこにいるんだ？」

「上流の難破船です」

「どの難破船だ？」

「難破船なんか、一隻しかありませんよ」

「まさかウォルター・スコット号のことじゃあるまいな？」

「そう、それです」

「なんてこった！　いったい、なんだってあんなところにいるんだ？」

「なにかをしに、ってわけじゃないんです」

「ああ、そうだろうとも！　ちくしょうめ、大急ぎで船からおりないと、とんでもないことになるぞ！　まったく、いったいなんであんな難破船に乗りこむなんてことになったんだ？」

「しょうがなかったんです。フッカーさんは上流のあの町にでかけていって……」

「その町ってのは、ブースランディングだな。それで？」

「それで、そのブースランディングにいってたフッカーさんが、ちょうど日暮れどきに黒人の召使いといっしょに馬車ごとフェリーに乗って、友だちの家にむかったんです。その友だちの名前は忘れちゃったけど、そこに一晩泊めてもらうことになってたから。ところが、とちゅうで舵とりのオールが流されちゃったもんだから、船はぐるっとまわって、船尾を先頭に流されていったんです。そして、あの難破船にぶつかっちゃったんだ。フェリーの船頭さんも召使いも馬たちもみんなおぼれちゃったけど、フッカーさんだけはなんとか難破船にしがみついて、甲板に上がりました。暗くなってから一時間ほどして、ぼくたちの乗った平底船が難破船のそばを通りかかったんだけど、あんまり暗くて、目の前にくるまで気づかなかったんです。それで、ぼくたちの船も難破船と衝突しちゃいました。みんなぶじだったんだけど、ビル・ウィップルだけは……。あんなにいい人はいないのに！　おぼれ死んだのがあの人じゃなく、ぼくだったらよかったのに！」

「なんてこった！　そんなおそろしい話、きいたことないぞ。それで、そのあと、おまえさんたちはどうなったんだ？」

「大声でどなったり、泣きわめいたりしましたよ。だけど、あのあたりは川幅がすごく広いから、だれにも気づいてもらえなかった。それで、父ちゃんが、こうなったらだれかが岸まで泳いでいって、助けを呼んでくるしかないっていったんです。泳げるのはぼくだけだったから、ぼくがとびこむことになりました。フッカーさんは、もしすぐに助けが見つからなかったら、ここにきて、フッカーさんのおじさんをさがすようにいいました。おじさんなら、助けてくれるだろうって。ぼくはここから一・五キロぐらい下流（かりゅう）で岸に上がって、それからずっとあちこち歩きまわって、会う人会う人みんなになんとかしてくださいってたのんだんです。なのに、みんないうんだ。『なんだって？　こんな夜中に、あんなに流れの速い川にだと？　そんなばかなこと、するもんか。蒸気船（じょうきせん）のフェリーにたのんでみな』って。それで、ぼくここに……」

「えーい、ちくしょうめ。おれだって助けてやりたいさ。それにたしかに、おれがいくしかないのもわかってる。だけどな、いったいぜんたい、だれが費用（ひよう）をはらってくれるっていうんだ？　おまえのおやじさんはどうなんだ？」

「お金ならだいじょうぶです。フッカーさんは念（ねん）をおすようにいってました。お金ならホーンバックさんが……」

「なんだって？　その人のおじさんってのは、ホーンバックのだんななのかい？　いいかい、よく見ろ。おまえさんはあそこの明かりめがけて走るんだ。明かりのところに着いたら、西に折れて、四百メートルばかりいくと飲み屋があるからな。その飲み屋の客に、いそいでジム・ホーンバックさんのところにつれていってくださいっていうんだ。飲み屋の勘定はホーンバックさんがはらってくれるからってな。さあ、ぐずぐずしないでいってこい。だんなも早くこの知らせをききたいだろう。ホーンバックのだんなには、だんなが町に着く前に、このおれが姪御さんをぶじにつれ帰るからっていうんだぞ。さあ、いくんだ。おれはすぐそこまで、機関士をたたき起こしにいくからな」

ぼくは明かり目ざして走りだした。でも、船長が角を曲がって見えなくなると、ボートのところにもどって、川に漕ぎだし、岸沿いの流れのゆるやかなところを六百メートルほどさかのぼって、木材船のなかにまぎれこんだ。あの蒸気船が出発するところを見とどけないと、おちおち休んでいられない。でも、あの悪党どものためにここまでしてやったんだから、と思うとずいぶん気が楽になった。ここまでやってくれる人なんてなかなかいないだろう。ダグラス未亡人にも知ってほしいって思ったぐらいだ。きっと自慢に思ってくれるだろう。なにしろ、未亡人みたいな善人っていうのは、悪党だのごろつきだののことをいちばん気にしてるんだから。

さて、それからしばらくたって、ぼんやりとした黒っぽいものが流れてくるのに気づいた。なんとあの難破船だ！　体じゅうがぞくぞくとふるえた。ぼくは難破船めがけて漕ぎだした。ずいぶん深く沈んでしまっていて、だれも助からなかっただろうってことはすぐにわかった。ぼくは難破船のまわりを漕ぎまわりながら大声で呼びかけてみた。でも返事はない。死んだように静まり返ったままだ。あの悪党たちのことを考えて、すこし気が重くなったけれど、すごくってわけじゃない。あいつらが耐えられたことなら、ぼくにだって耐えられると思ったからだ。

そこへあの蒸気船がやってきた。それでぼくはななめに下る流れに乗って川のまんなかをめざした。もう見つかる心配がないと思うところまでくると、オールを漕ぐ手を止めて、ふり返った。蒸気船がフッカーさんの姪の遺体をさがして難破船のまわりを動きまわっているのが見えた。船長はホーンバックおじさんがそう望むだろうと思っているからだ。でも、すぐにあきらめてしまったようで、蒸気船は岸のほうにいってしまった。ぼくも大急ぎで川を下りはじめた。

ジムが灯している明かりを見つけるまで、ずいぶん長い時間がかかった気がする。やっと見つけたときにも、

まだまだ千キロもはなれているように感じた。

やっと筏にたどり着いたころには、東の空がほんのり灰色がかっていた。それで、ぼくたちは筏を島によせると、そこでうまくかくし、ボートは沈めてしまった。それから、横になって死人のように眠った。

14

しばらくして目がさめると、ぼくたちは悪党たちからうばってきた品物をひっくり返して調べてみた。ブーツがあった。毛布や服、ほかにもいろいろある。本もたくさんあったし、望遠鏡や葉巻も三箱あった。こんなにたくさんの持ち物を手にしたのは、ぼくもジムも生まれてはじめてのことだ。葉巻は上等のものだった。ぼくたちは午後のあいだずっと森のなかで寝そべって、おしゃべりしたり、本を読んだりしてすごした。なんともぜいたくな時間だった。

ぼくはジムに難破船であったことも、蒸気船でのこともなにもかも話した。そして、これこそが冒険なんだといった。ところがジムは、冒険なんかもうこりごりだという。ぼくが上部甲板にいったとき、ジムは筏にもどろうとはっていったら、筏がなくなっていて死ぬ思いをしたんだという。これでもう運はつきて、おしまいだと思ったらしい。というのも、だれかが助けてくれなければおぼれ死んでしまうし、もし、だれかに助けられたとしても、その人は賞金をもらうためにジムをミス・ワトソンのところに送り返すだろう。そうしたら、ミス・ワトソンはまちがいなくジムを南部に売ってしまうはずだ。たしかにその通りだ。ジムがいうことは、いつだってほとんどまちがってない。見た目によらずすごく頭がいいんだ。

ぼくは王様だの公爵だの伯爵だのについて書かれた本を、ジムにたっぷり読んできかせた。その人たちがどんなにきらびやかな衣装を着ていて、それがどんなに高価なのか教えてあげた。そして、おたがいに陛下だの閣下だのと呼びあっていて、ふつうにミスターなんて呼ばないことも。ジムは目をむいてとてもおもしろがった。ジムはいう。

「そういうえらい人たちが、そんなにたくさんいるとは知らなかったな。ほとんどきいたことなかったからな。大むかしのソロモン王のことはべつだぞ。それに、トランプの絵柄の王様たちも。それで、王様ってのはどれぐらい稼ぐんだ?」

「どれぐらいかって? 毎月千ドルほしいっていえば千ドルもらえるんだよ。王様たちは、ほしいだけもらえるのさ。なにもかもが自分のものなんだから」

「そいつはすごいな。それで、王様ってのはなにをするもんなんだ?」

「なんにもしないんだよ! あたりまえだろ。ただ、ぶらぶらしてるだけだよ」

「なんにもしないって、ほんとうなのかい?」

「もちろん。ただ、ぶらぶらしてるだけ。戦争になったらべつだけどね。戦争にはいくよ。でも、それ以外のときはぶらぶら怠けてるだけなんだ。それか、鷹狩りにいくかだな。鷹狩りとか……、シッ! いま、なんかきこえなかった?」

ぼくたちはあわてて森をでて、ようすをうかがった。でもそれは、ずっと下流で岬のところをまわる蒸気船の音だった。バタバタと外輪がまわってるんだ。それで、ぼくたちは元の場所にもどった。

「そうそう、それで、退屈したときには会議をひらいてわいわいさわぐのさ。でも、気に食わないやつがいたら、かたっぱしから首をはねるんだ。あとはだいたいハーレムをうろついてる」

「どこをうろつくって?」

「ハーレムだよ」

「ハーレムってのはなんだ?」

「奥さんたちをおいとくところだよ。知らないの? ソロモンだって持ってたよ。百万人も奥さんがいたから」

「ああ、そうだった。忘れてたよ。ハーレムってのは、下宿屋みたいなところなんだろうな。子ども部屋はさぞかしさわがしいだろう。それに奥さん連中もしょっちゅうけんかするもんだから、もっとさわがしくなるんだ。ソロモン王はだれよりも賢いって話だけど、それはどうだかな。賢い人間がそんなさわがしいところに四六時中いるなんて、おかしな話

ソロモン王のハーレム

じゃないか。たぶん、そんなに賢くはなかったにちがいないさ。賢い人間ならボイラー工場を建てるだろうな。ボイラー工場なら、ゆっくり休みたけりゃしめればいいんだから」

「うん、でも、ソロモン王は賢い人だってことになってるんだ。ダグラス未亡人がそういってたからね」

「未亡人がなんといおうと知ったこっちゃないさ。ソロモン王は賢い人間なんかじゃないな。見たこともないようなひどいことをやったんだからな。聖書にでてくる、子どもを刀でまっぷたつにしようとした話は知ってるか？」

「うん、ダグラス未亡人がくわしく教えてくれた」

「ほら見ろ！　こんなとんでもない話があるかい？　ちょっと考えてみるといい。そこにある切り株が片方の女だとして、ハックはもうひとりの女だ。おれがソロモン王で、この一ドル札が子どもだとしよう。それでもって、女たちはどっちもこの子どもは自分のものだといってるんだ。さあ、おれはどうしたらいい？　近所を走りまわって、この札がどっちのものか調べあげて、ほんとうの持ち主に返せばいいんだ。そうすりゃ、だれも傷つかないですむだろ。賢い人間なら、だれだってそうするだろ？　ところがだ、このおれは札をふたつにさいて、半分ずつ女たちにわたそうっていうんだからな。それがソロモン王が、その子にしようとしたことなんだぞ。そこできくがな、半分にちぎった札に使い道はあるのか？　なにも買えやしない。それでもって、半分にひきさいた子どもはどうだ？　そんなもの、百万もらってもうれしくもなんともないね」

「ちょっと、待った、ジム。それは的はずれだよ。とんでもなくはずれてる」

「だれが？　このおれが？　ああ、そうかい。だが、そんな話、ききたくもない。おれにはちゃんとわかってるんだからな。あんなばかなことをやる連中こそ、とんだ的はずれじゃないか。子どもを半分にしたって、なんにも解決しやしない。それなのに、この男は子どもを半分にして、争いごとをおさめようっていうんだからな。雨が降ったら家にはいるってほどの知恵もない。もう、ソロモンの話はやめにしてくれ、ハック。おれにはちゃんとわかってるんだから」

「だけど、それはちがうんだよ、的はずれなんだって」

「それがどうしたってんだ！　おれは、おれのほうが正しいってわかってる。それにな、ほんとうの的ってのは、もっとずっと深いところにあるんだよ。ソロモンがどんなふうに育てられたかってところにな。ひとりかふたりしか子どもを持ってない人が、子どもをそまつにあつかうと思うかね？　いいや、そんなことはしない。そんな余裕はないからな。

ひとりの子どもがどれほどだいじかわかってるんだ。ところが、家のなかを子どもが五百万人も走りまわってるような家なら話はちがう。ネコとおなじくらい、かんたんに半分にちょんぎるだろうさ。ほかにいくらでもいるんだからな。子どものひとりやふたり、ソロモンにとっちゃあ、なんでもないんだ。くそくらえ！」

こんな頑固者、見たことない。一度こうと思ったら、てこでも動かせないんだから。ソロモン王をこんなにこきおろす人は見たこともない。それで、ソロモン王の話はやめにして、ほかの王様のことを話しはじめた。ずっとむかしに首をはねられたフランスのルイ十六世の話だ。それと、息子の皇太子の話も。

王様になるはずだったのに、つかまって牢屋にとじこめられて、そこで死んだといわれてる小さい男の子だ。

「そりゃあ、かわいそうに」

「でも、牢屋からにげだしてアメリカにきたっていってる人もいるんだ」

「そいつはいい！　でも、ずいぶんとさびしいことだろうな。アメリカには王様なんてひとりもいないんだろ、ハック？」

「ああ、いないね」

「それじゃあ、職にもつけないだろうな。なにをして暮らすんだ？」

「さあね。警官になる人もいるだろうし、フランス語のしゃべりかたを教える人もいるだろうな」

「なんだって？　フランス人ってのは、おれたちとおなじことばを話さないのかい？」

「話さないさ。フランス人がしゃべってることはぜんぜんわからないだろうな。ひとこともね」

「たまげたな！　なんでそんなことになったんだ？」

「さあね。でもそうなんだ。ぼくは本で読んだことあるけどね。フランス人が近づいてきて『パリー・ブー・フランジー』なんていってきたらどう思う？」

「なんにも思わないよ。頭のひとつもぶんなぐってやるか。白人じゃなければ、だけどな。おれとおんなじ黒人なら、そんな悪口いわせておくもんか」

「べつに悪口いってるわけじゃないんだ。ただ、『あなたはフランス語が話せますか？』ってきいてるだけさ」

「なら、なんでそういわないんだ？」

「だから、そういってるんだって。それがフランス人のいいかたなんだよ」

「なんともばかげた話だな。もう、その話はしないでくれよ。さっぱりわからない」

「いいかい、ジム。ネコはぼくたちみたいに話す？」

「ネコは話さないよ」

「じゃあ、牛は？」

「牛も話さない」

「ネコは牛みたいに話す？　牛はネコみたいに話す？」

「いいや、どっちも」

「それぞれがちがった話しかたをするのが自然だろ？」

「もちろんだ」

「それに、ネコや牛がぼくたちとちがう話しかたをするのも自然だよね？」

「そりゃあ、その通りだ」

「それなら、フランス人がぼくたちとちがう話しかたをするのも自然だ。そうだろ？」

「ハック、ネコは人間かい？」

「いいや」

「それなら、ネコが人間みたいに話さないのはあたりまえだ。じゃあ、牛は人間かい？牛はネコかい？」

「どっちもちがうよ」

「それなら、牛が人間だのネコだのみたいに話すわけがないな。それで、フランス人は人間かい？」

「そうだよ」

「ほら見ろ！　ちくしょうめ。じゃあ、どうしてフランス人は人間みたいに話さないいんだ？　さあ、答えてみろよ」

これ以上なにをいってもむだだ。ジムに理屈(りくつ)は通じない。ぼくは、もうやめにした。

ガラガラヘビの味

アメリカ子ども詩集

しりあがり寿 絵

岩波少年文庫

15

ぼくたちはあと三夜下れば、イリノイ州のいちばん南はしにあるカイロに着くだろうと考えた。カイロっていうのは、このミシシッピ川にオハイオ川が流れこんでいるところにある、ぼくたちがめざしている町だ。その町でこの筏を売って蒸気船に乗り換え、オハイオ川をのぼって自由州にたどりつけば、もうやっかいごとからはにげられるっていうわけだ。

ところが、二日目の夜、霧がたちこめた。霧のなかを進むのは無茶なので、筏を砂州につなぐことにした。ロープを積んでカヌーを漕いでようすを見にいったけれど、砂州には細い若木以外につなぐようなものがない。しょうがないので、切り立った岸のはしに生えた若木にロープを結んだら、流れが強すぎるせいで、若木を根っこからひっこぬいて、筏はいきおいよく流されてしまった。霧が濃すぎて気味は悪いわ、こわいわで、ぼくはたぶん三十秒ほども身動きできないでいた。筏はもうどこにも見えない。霧で二十メートル先も見えないんだから。あわててカヌーにとび乗り、船尾にあったオールをにぎって漕ぎはじめたけれど、カヌーは動かない。あんまりあわてていたせいで、カヌーのロープをほどいてなかったんだ。立ち上がってロープをほどこうとしたけど、あせりで手がふるえて、ぜんぜんほどけない。

ようやくほどくと、力いっぱいオールを漕いで、砂州にそって筏を追いかけはじめた。最初はよかったけれど、砂州は六十メートルほどの長さしかなくて、はしを通りこしたとたん、分厚い霧のなかにつっこんでしまい、いったいどっちへ進んだらいいのやら、さっぱりわからなくなってしまった。

いまは漕いじゃだめだと思った。漕いだりしたら、きっと川岸だの砂州だのにつっこんでしまうだろう。ただ、じっと流されていればいい。でも、こんなときになにもしないでじっとしているのは、ものすごくじれったいものだ。ぼくは大声で「おーい」と叫んでから耳をすました。ずっと下流のどこかから、小さく「おーい」という返事がきこえて、ぼくは元気づいた。声がしたほうにむかって漕ぎながら、もう一度きこえないかと耳をすます。つぎにきこえたときには、カヌーが右側にそれてしまっているのがわかった。そのつぎにきこえたときには左にそれていたし、距離も縮まっていない。ぼくがあちらへこちらへと漕ぎまわっているあいだ、その声の主はまっすぐに下っているからだ。

ぼくはジムが鍋でもたたいてくれればいいのにと願った。ずっとたたきつづけてくれれば助かるのに、ジムはそんなことはしてくれない。おまけに、まったく声がきこえない時間もあって、さらにやっかいだ。さんざん漕ぎまわったあげく、しまいには声がうしろからきこえてきた。なにがなんだかわからない。それはジムの声じゃないんだろうか？　それとも、ぼくのほうがいつのまにか反対向きになってしまったんだろうか？

ぼくはオールから手をはなした。また「おーい」という声がする。やっぱりうしろからきこえるけど、きこえるたびにちがう場所で、だんだん近づいているようだ。ぼくもきこえるたびに返事をする。そのうちに、また前からきこえるようになって、ようやく流れの

おかげでカヌーのむきがちゃんと元にもどったってことがわかった。ただし、あの声がまちがいなくジムの声で、ほかの筏(いかだ)からきこえてるんじゃないならの話だけれど。霧(きり)のなかで声をききわけるのは無理だ。霧のなかだと、なにもかもがまともに見えないし、まともにきこえないんだから。

「おーい」という声はつづいたけれど、一分ほどしたらカヌーは早瀬(はやせ)にひきこまれ、大きな木がぼんやりとおばけのように生えている切り立った崖(がけ)ぞいにすごいいきおいで流された。その流れがカヌーを左側へ投げだしたかと思うと、たくさんの沈み木(しずぎ)に流れがぶつかってごうごうと音を立てているなかへおしだされ、あっというまに通りすぎた。
一、二秒もたたないうちに、またしても、あたり一面まっ白な静けさのなかにいた。じっとしたまま、自分の心臓が立てるドキドキという音をきいていた。一回息をつくあいだに、心臓が百回も打ったんじゃないかと思うぐらいだ。
もうだめだと思った。状況がわかったからだ。あの崖は島で、ジムは島の反対側にいってしまったんだ。あれは、十分もすれば通りすぎられる砂州なんかじゃなかった。大きな島に生えるような木があったし、長さ十キロ、幅も一キロ近くあったっておかしくない。

ぼくはじっとときき耳を立てていた。たぶん十五分ほど。もちろん、そのあいだも時速八キロぐらいの速さで流されている。でも、ぜんぜんそんな感じはしない。それどころか、死んだように水の上にじっと浮いている感じだ。通りすぎざまに沈み木を目にしても、流れているのは自分のほうだとは思わずに、はっと息をのんでこう思うんだ。あの木はなんていきおいで流れていくんだ！　って。夜中にひとり、そんなふうに霧のなかにいるぐらいで、そんなに気がふさいで、心細くなったりするもんかと思うんなら、一度ためしてみるといい。きっと、ぼくの気持ちがわかるから。

それから三十分ほどのあいだ、ぼくはときどき「おーい」と叫んでみた。ようやくずっと遠くのほうから返事がきこえたので、そっちへむかおうとしたけれどだめだった。どうやら、いり組んだ砂州のなかにまぎれこんでしまったようだ。右にも左にも、ぼんやりと砂州が見えているし、そのあいだの狭い水路を通ることもある。目には見えなくてもそこに砂州があるのはわかった。岸に生えた枯れたやぶだのなんだのに、川の流れがぶつかる音がきこえたからだ。

砂州にまぎれこんでいるうちに、声はすぐにきこえなくなった。ぼくもその声を追いかけるのはじきにやめてしまった。どっちみち、鬼火を追いかけるよりしまつが悪いんだから。あんなふうに、声がすばやくあちらからこちらへとにげまわるなんて、想像もつかないだろう。

四、五回、カヌーが島の岸にぶつからないように、必死で漕がなくちゃならなかった。そうでもしないと、島を川からはじきとばしてしまうだろ。それで考えた。きっと、筏はしょっちゅう岸にぶつかってるにちがいない。そうでなければ、とっくに島を通りすぎて、声がとどかないところにいってしまったかだ。あの筏はぼくのカヌーよりも速く流されているのかもしれない。

そのうち、また広々としたところにでたみたいだった。でも、どこからも「おーい」と呼ぶ声はきこえてこない。ジムは沈み木に乗り上げてしまったのかもしれない。そうなったら、ジムももうおしまいだ。ぼくはへとへとに疲れてしまっていた。カヌーに寝そべって、もうくよくよ考えるのはやめることにした。もちろん、眠るわけにはいかない。でもあんまり眠くてがまんできなかった。それで、ちょっとだけうたた寝することにした。

けれども、どうやらずいぶん寝こんでしまったようだ。目がさめたときには、星がまたたいていて、霧はすっかり晴れていた。そして、カヌーは船尾を前にして川が大きく曲がったところを猛スピードで流されていた。一瞬、自分がどこにいるのかわからなくて、夢でも見ているんだろうと思った。だんだんいろいろと思い出してきても、なんだか先週のことのようにぼんやりしている。

川のこのあたりはおそろしいぐらいに広くて、両岸にはすごく高い木がうっそうと生い茂っている。星明かりで見えるその岸は、まるでがんじょうな壁みたいにそそり立っていた。下流を見わたしていると、水面に黒いしみのようなものが見えた。追いかけてみたけれど、近づくと、それはしっかり結びつけられた、ただの二本の丸太だった。そのあと、またしみが見えた。それも追いかける。それからまたべつのしみ。そして、今度こそはあたりだった。そう、ぼくらの筏だったんだ。

筏に追いつくと、ジムはひざのあいだに頭をはさむようにして眠っていた。ジムの右手は舵とりオールの上だ。もう一本のオールはとちゅうで折れてしまっていて、筏は葉っぱだの枝だの泥だのでめちゃくちゃだ。この筏もひどい目にあったようだ。

ぼくはカヌーをつなぐと、ジムのすぐ鼻先に寝ころんで、大きくあくびをすると、うーんとのびをしながらこぶしをジムにぶつけた。それからこういった。

「おはよう、ジム。ぼくは寝ちゃったのかな？　どうして起こしてくれなかったのさ」

「こいつはたまげた。ハックじゃないか。てっきり死んだと思ってた。おぼれちまったんじゃないのかい？　またもどってくるとはなあ。

信じられないよ。まったく信じられない。ほれ、よく顔を見せておくれよ。体にもさわらせてもらうよ。ありがたい！　死んじゃいないぞ。もどってきたんだな。生きてて、しかも元気そうだ。元のままのハックじゃないか。元のままのハックだよ！　ああ、ありがたや！」

「おいおい、いったいなにをいってるのさ？　酔っぱらってる？」

「酔っぱらうって？　おれが酒を飲んだって？　いったい、どこに酒を飲むひまなんかあったんだよ」

「それじゃあ、なにをそんなに大さわぎしてるのさ？」

「大さわぎだって？」

「ああ、そうだよ。ぼくがもどってきただのなんだのって、大さわぎしてたじゃないか。まるで、ぼくがどこかにいってたみたいにさ」

「なあ、ハックよ。ハック・フィン。おれの目を見るんだ。ちゃんとおれの目を見て答えるんだ。おまえさんは、どこにもいってなかったとでもいうのか？」

「どこかにいくって、いったいなんの話？　ぼくはどこにもいってないよ。いったい、どこにいったっていうのさ？」

「ちょっと待てよ。なにがどうなってるんだか。なにかがおかしいぞ。いや待て、おかしいのはおれなのか？　おれってだれなんだ？　おれはここにいるよな。ちがうのか？　なにがどうなってるんだか、だれか教えてくれよ」

「ああ、ジムがここにいるのはまちがいないよ。けど、頭がどうかしちゃったんじゃないかな」

「おれは、おれなのかな？　教えてくれよ。おまえさんはカヌーにロープを積んででていったよな？　砂州につなぐ場所をさがしに」

「いいや。砂州ってなんのこと？　砂州なんて見てないけどな」

「砂州なんか見てないって？　ちょっと待てよ、ほら、ロープがほどけて、筏が流されちまったじゃないか。おまえさんのカヌーを霧のなかに置き去りにして」

「霧ってなんのこと？」

「あの霧だよ。一晩じゅうたちこめてたあの霧のことだ。それに、おまえさんは『おーい』って叫んでただろ。おれも『おーい』って叫んだだろ。そんでもって、島にまぎれこんで、おれのほうだかおまえさんのほうだか、どっちかが迷っちまって、おたがい、どこにいるのかわからなくなっちまっただろ？　それでもって、おれはあの島にさんざんぶつかって、ひどい目にあったんだ。おぼれるかと思ったよ。な、そうだったんだろ？　あれはほんとうにあったことなんだろ？　ちゃんと答えておくれよ」

「なんのことやら、さっぱりわからないよ。ぼくは霧なんて見てないし、島も知らない。なにもあぶない目にはあってないし。なんにもね。ぼくはここにすわって、一晩じゅうジムとおしゃべりをしてただけさ。それで、ほんの十分ほど前にジムが眠っちゃって、ぼくも寝ちゃったんだと思う。たしかに、そのあいだにお酒を飲んだはずはないから、きっと夢でも見たんだね」

「ばかばかしい。たった十分で、どうやってそんな夢を見るっていうんだか」

「なにいってるのさ。ジムは夢を見たんだよ。だって、そんなことはなにひとつ起こらなかったんだから」

「だけどな、ハック、おれはたしかにこの目で……」

「そんなこといわれても知らないよ。ぼくはずっとここにいたんだから、ジムが見たようなことはなにも起こらなかったんだよ」

ジムは五分ぐらいなにもいわなかった。すわったまま、じっくり考えているようだ。それから、ようやく口をひらいた。

「ああ、それなら、おれは夢を見てたんだろうな。だがな、あんなとんでもない夢、見たことがないよ。それに、夢を見ただけでこんなに疲れたことも一度もなかった」

「うん、でもだいじょうぶだよ。夢っていうのは、ときどきくたくたにさせるものだから。それにしても、すごい夢だね。くわしくきかせてよ」

それでジムは、実際に起こったままのことをなにもかも話しはじめた。ただし、ずいぶん大げさになっている。話しおえると、ジムはこの夢を読み解かなきゃいけないといいだした。これはなにかのお告げにちがいないからだという。

まず、最初にあらわれた砂州はぼくたちになにかいいことをしようとする人をあらわしているんだといった。そして、川の流れは、その人をじゃましようとするべつの人のことだという。「おーい」という叫び声は、ぼくたちになにか悪いことが起こると教えてくれる警告で、その意味を真剣に考えようとしないと、その悪いことをさけられなくて、ひどい目にあってしまうんだという。

いり組んだたくさんの砂州は、けんかっぱやい人や、たちの悪い連中とのあいだで起こるもめごとをあらわしているけれど、ぼくたちが自分のやるべきことだけ考えて、その連中に口ごたえしたり、怒らせたりするようなことをしなければ、めんどうはさけられる。

そして、霧からぬけだして広々とした川にでる。それは自由州のことで、もう心配しなくてもいいという意味なんだそうだ。

ぼくが筏にたどりついたすぐあとには、雲がでて暗かったけれど、いまは空も晴れてきた。

「なるほどね、いまのところ、夢は全部読み解かれたみたいだね」ぼくはいった。「だけどさ、あれはどういう意味なのかな?」

ぼくが示したのは、筏の上の葉っぱやごみ、折れたオールだ。いまでははっきり見えている。

ジムはそれらのごみを見て、ぼくを見た。それから、またごみを見る。ジムの頭のなかでは、しっかりとすべてが夢だったことになっているので、それをふりはらって、事実をそのまま受けとめることはなかなかむずかしいようだった。でも、ようやく納得すると、にこりともしないで、しっかりとぼくを見つめていった。

「このごみの意味だって? 教えてあげるよ。おれがさんざん動きまわったり、呼びかけつづけてへとへとになって眠っちまうとき、おれの心ははりさけそうになってた。おまえさんがいなくなったからだ。そのときは、おれもこの筏も、もうどうなってもかまわないと思ったんだ。それで、目をさましたときおまえさんが、元気にぴんぴんしてもどってきたのを見つけて、おれは涙がでるほどうれしかったよ。ひざまずいておまえさんの足にキスしたいぐらいだった。それぐらい、うれしかったんだよ。ところが、おまえさんが考えてることといったら、どんな嘘をついて、このおれをばかにしようかってことだけなんだからな。そこにちらばってるのはごみくずだよ。だけどな、友だちの顔に泥を塗って、恥をかかせるような人間のこともごみくずっていうんだよ」

　それから、ジムはゆっくり立ち上がって、小屋のほうに歩いていくとなかにはいってしまった。もうそれ以上なにもいわずに。でも、それで十分だった。ぼくはすごくみじめだった。元通りになれるのならジムの足にキスだってできる。

　それから十五分ほどして、ぼくはようやく立ち上がり、ジムにあやまりにいった。黒人奴隷に頭を下げるなんて、という人もいるかもしれないけれど、そのあと、あんなことしなければよかったなんて思ったことは一度もない。それからは、もう二度とジムをからかったりしなかった。ジムにあんな思いをさせるとわかっていたら、そもそもあんないたずらをしかけることもなかっただろう。

16

ぼくたちはその日、昼のあいだはほとんど寝ていて、夜になると出発した。だらだらつづく行列みたいなものすごく長い筏のすぐうしろについていくことにした。それは前後にそれぞれ長いオールが四本ずつついた筏で、三十人ぐらいは乗っているみたいだ。広くあいだをおいて大きな小屋が五つついていて、まんなかではたき火をたいている。それに、筏の四隅には長い旗竿も立っていた。なんともいえずかっこいい。こんな筏の船頭になるっていうのはずいぶんりっぱなことだ。

ぼくたちは川が大きくカーブしたところにさしかかった。その夜は雲がでていて、暑かった。川幅はとても広くて、両岸には壁のようにびっしり木が生い茂っている。森にはすきまなんか見あたらないし、家の明かりもない。ぼくたちはカイロのことを話した。カイロに着いたら、ちゃんとそこだとわかるんだろうか。ぼくはいった。

「わからないかもね。カイロには十軒ほどしか家がないらしいし、もし明かりを灯してなかったら、カイロの町を通りすぎたってわかりっこないんじゃないかな」

それに対してジムはいう。

「カイロで大きな川が合流してるっていうなら、きっとわかるだろうさ」

「だけど、合流点を島だと思って、元の川を進んでるって思うかもしれないよ」

それをきいてジムは心配になったようだ。ぼくもだ。それなら、どうしたらいいんだろう?

「最初に明かりが見えたら、カヌーで漕ぎつけて、父ちゃんがあとから運搬船でくるんだけど、あんまり慣れてないからカイロまでどのくらいあるか教えてもらえませんか?ってきいてみればいいよ」

ジムはいい考えだといってくれた。それでぼくたちはタバコを吸いながら明かりが見えるのを待つことにした。

一生懸命に目をこらして、見落とさないように気をつける以外にはなにもすることがない。ジムはかならず見つけてみせるといった。見つけたらすぐに自由の身になれるんだし、もし見落としたら、また奴隷州にはいってしまって、二度と自由にはなれないんだから。ジムはしょっちゅうとび上がっては叫んだ。

「ほら、見えた！」

でも、いつもちがった。鬼火だったりホタルだったりだ。ジムはまたすわりこんで、それまで通りじっと目をこらす。もうすぐ自由になれると考えただけで、体じゅうがふるえて、熱病にかかったみたいになるとジムはいった。それをきいていると、ぼくも体がふるえて、熱病にかかったみたいになった。というのも、ジムがもうすぐ自由になるとしたら、それはだれのせいなのかと考えはじめたからだ。それはぼくのせいだ。そう考えると、どうしても気がとがめてしかたなかった。あんまり心配で、ちっとも気が休まらないし、一か所にじっとしていることもできない。

これまでは、自分がやったことを深く考えることもなかった。でも、いまはちがう。いつも頭からはなれず、じりじりと責め立てられているような気がしてくる。ぼくがジムを持ち主のところからにがしたわけじゃないんだから、責められる筋あいじゃないと、自分にいいわけしてみても、気は晴れない。自分のなかの良心の声がいつもこういうんだ。

「だけど、おまえはジムが自由を求めてにげたのは知ってるじゃないか。岸まで漕いでいって、だれかに告げ口することだってできたんだぞ」たしかにその通りなんだ。いいのがれはできない。そこが痛いところだ。ぼくの良心はさらにいう。

「あわれなミス・ワトソンが、おまえになにをしたっていうんだ？ ミス・ワトソンの黒人奴隷がにげだしたのを見ていながら、おまえはなにもいわないつもりなのか？ そんなひどい仕打ちをしていいようなことを、おまえはあのあわれなお年よりからされたのか？ ミス・ワトソンはおまえに字を教えてくれようとしたし、礼儀作法も教えてくれようとしたじゃないか。ミス・ワトソンなりのやり方で、精一杯おまえのためになることをしてくれたんだぞ。そう、おまえにつくしてくれたんだ」

ぼくは死にたくなるぐらい、恥ずかしくてみじめだった。自分を責め立てながら筏の上をそわそわといったりきたりした。ジムも落ち着きなく、いったりきたりしながらぼくとすれちがう。ぼくたちはふたりともじっとしていられなかったんだ。ジムがぴょんぴょんとびはねながら「カイロだ！」と叫ぶたび、ぼくは銃で撃たれたようにびくっとした。それがほんとうにカイロなら、ぼくはみじめさで死んでしまうんじゃないかと思った。
そうやって、ぼくが考えごとをしているあいだ、ジムはずっと大声で話しつづけていた。自由州にはいったらなにをしたいかって話だ。まず、一セントも使わないでお金をためて、奥さんを買いもどすんだそうだ。ジムの奥さんは、ミス・ワトソンの家の近くにある農場の奴隷だから。それから、ふたりでいっしょにお金を稼いで、ふたりの子どもたちも買いとるんだという。もし、子どもたちのご主人が売ろうとしなかったら、奴隷廃止主義者にたのんで、盗んできてもらうんだといっている。

そんな話をきかされて、ぼくはふるえ上がっていた。ジムがこんなふうに話すところを、これまで一度も見たことがなかった。もうすぐ自由になれると思ったとたん、こんなにも変わってしまうものなんだろうか。「軒を貸して、母屋をとられる」っていう、古いことわざの通りなのかもしれない。これは、ぼくの考えが足りなかったせいで招いたことなんだ。ぼくが逃亡を手助けしたも同然のこの黒人奴隷は、ぬけぬけと自分の子どもを盗むだなんていっている。ぼくが会ったこともない、ぼくにはなにひとつ悪いことをしたことのない人が所有している子どもたちを。

ジムがそんなことをいっているのをきいて、ぼくはがっかりしていた。ジムがこんなにも落ちぶれてしまうなんて。ぼくの良心はますますかっかと熱くなってきた。とうとうぼくは自分の良心にむかってこういった。

「ぼくにまかせておいて。まだ、手おくれじゃないんだから。最初の明かりが見えたら、岸まで漕いでいって、なにもかも話すから」

すっかり気持ちが楽になって、身も心も軽くなった。これですべて解決だ。ぼくは鼻歌でもうたいたい気分で、明かりをさがしはじめた。そしてついに、明かりがひとつ見えてきた。ジムが叫んだ。

「もうだいじょうぶだハック、もうだいじょうぶなんだよ！　さあ、とび上がって、かかとを打ちつけよう。とうとうカイロに着いたんだ。ああ、そうだよ、まちがいない！」

ぼくは答えた。

「カヌーに乗って、ちょっと見てくるよ。もしかしたら、ちがってるかもしれないから」

ジムははねるようにカヌーのところにいって準備をはじめた。ジムの古いコートを、ぼくのために船底に敷いて、ぼくにオールを手わたした。漕ぎだそうとするぼくにむかってジムはいった。

「もうすぐ、大声でよろこびの声をあげるんだ。そして、こういうんだよ。なにもかもハックのおかげだってな。おれは自由になるんだ。もしハックがいなかったら、おれはけっして自由の身にはなれなかっただろう。ハックのおかげなんだよ。おれは、けっして忘れないよ、ハック。おまえさんは、最高の親友だよ。おまえさんは、このジムのたったひとりの親友だよ」

ぼくはジムのことを告げ口しようと大急ぎで漕ぎだしていた。でも、ジムのことばをきいて、なんだかすっかり気がぬけてしまった。漕ぐ手もゆっくりになって、漕ぎだしたのがよかったのか、そうじゃないのかもさっぱりわからなくなっていた。五十メートルほど進んだところでジムがいった。

「たのんだよハック。正直者のハック。このジムとの約束を守ってくれた白人は、おまえさんただひとりだよ」

それをきいていやな気分になった。だけど、ぼくはやらなきゃいけない。いまさら、あとにはひけないんだ。ちょうどそのとき、ふたりの男を乗せたボートが近づいてきた。ふたりとも銃を抱えている。そのボートが止まったので、ぼくも止まった。ひとりがいった。

「あそこに見えるあれはなんだ？」

「筏です」

「おまえの筏なのか?」

「はい、そうです」

「ほかにだれかいるのか?」

「ひとりいます」

「実はな、今晩、川の曲りはなの上手で黒人奴隷が五人にげだしたんだ。おまえのつれは白人か、黒人か?」

すぐには答えられなかった。答えようとしたけれど、ことばがでてこない。一、二秒のあいだ、なんとか気持ちをふるいたたせて答えようとしたけれど、やっぱりだめだ。ぼくはウサギよりもおどおどしていた。どんどん気持ちがくじけていくので、とうとうほんとうのことをいうのはあきらめて、こういった。

「白人です」

「おれたちで、見にいったほうがよさそうだな」

「はい、お願いします」ぼくはいった。「あそこにいるのは父ちゃんなんだけど、あの明かりのところまで、筏をひっぱっていってもらえると助かります。父ちゃんは病気なんです。母ちゃんとメアリー・アンもなんだけど」

「まいったな。おれたちはいそいでるんだ。だがしょうがない。さあ、いくぞ。おまえもしっかり漕げよ。さあ、いくんだ」

ぼくが漕ぎはじめると、その人たちもオールをにぎった。それぞれ、ひと漕ぎ、ふた漕ぎしたところでぼくはいった。

「父ちゃんはものすごく感謝すると思います。まちがいないです。筏を岸までひっぱってくださいってたのんでも、だれも助けてくれなかったから。ぼくひとりじゃできないし」

「そいつはひどい話だな。それになんかひっかかるな。おい、おまえのおやじさんは、どんなあんばいなんだ?」

「あの、その、た、たいしたことはないんです」

ふたりは漕いでいる手を止めた。筏までは、もうほんのすこしだ。ひとりがいう。

「おい小僧、そいつは嘘だな。おまえのおやじになにがあったんだ? さあ、正直に答えろ。おまえの身のためだぞ」

「わかりました。正直にいいます。だけど、どうか見捨てないでください。お願いです。あのう、父ちゃんは……。あの、おじさんたちは、すこしはなれてひっぱってくれればいいんです。ぼくがロープを投げるから。おじさんたちは、筏に近づかなくてもいいんです。だから、お願いします」

「もどるぞ、ジョン。もどるんだ！」ひとりがいった。ふたりは遠ざかっていった。「近づくなよ、ぼうず。風下にいるんだぞ。まいったな、おれたちに風が吹きつけてこなかったか？　おまえのおやじは天然痘にかかってるんだな。おまえはちゃんと知ってるんだろ。なんでそういわなかったんだ？　おまえは、そこいらじゅうに天然痘をばらまくつもりなのか？」

「だって」ぼくはめそめそ泣きながらいった。「ぼくがちゃんと話したら、みんなぼくたちを見捨てていっちゃったんだ」

「かわいそうだが、それもしかたないな。おまえには悪いと思うよ。けどな、おれたちだって天然痘はごめんだ。わかるだろ。いいかよくきけよ。おまえひとりで岸に上がろうとするんじゃないぞ。大変なことになるからな。そのまま三十キロほど流されていけば、川の左岸に町が見えてくる。そのころには、日もずいぶん高くなってるはずだ。そこまでいったら、助けを求めればいい。家族がみんな寒気と熱にやられてるっていうんだぞ。ほんとうのことを悟られないようにうまくやれよ。おれたちは親切でいってるんだ。だから、いい子だから、おれたちから三十キロはなれてくれ。あそこに見える明かりで上陸してもなんの役にも立たないぞ。あれはただの材木置き場だ。なあ、おまえのおやじは金持ちってわけじゃないんだろ。つくづくえらい目にあったよな。ほら、この板の上に二十ドル金貨をのせてやるから。板が流れ着いたら受けとるんだぞ。おまえを置き去りにするのはえらく気がひけるが、おれだって天然痘にはかかりたくないんだよ。わかるな？」

「ちょっと待てよ、パーカー」もうひとりがいった。「おれも二十ドルのせるよ。悪いな、ぼうず。パーカーがいった通りにするんだぞ。そうすりゃ、なんとかなるさ」

「そうだ、その通りだ。じゃあ、さよならだ、ぼうず。もし、逃亡奴隷を見つけたら、助けを呼んでつかまえるんだ。そうすりゃ、いくらか金を手にいれられるからな」

「さようなら、おじさんたち」ぼくはいった。「もし逃亡奴隷を見つけたら、ひとりだってにがしたりしません」

ふたりがいってしまったので、ぼくは筏にもどった。すごくみじめで情けない気分だった。自分がすごく悪いことをしたとわかっていたからだ。正しいことをしようとしても、ぼくには無理なんだ。小さいときからちゃんと育てられていないから、みこみがないってことなんだ。いざというときにうしろだてになって、まちがいがないように見守ってくれる人がいないから、打ち負かされてしまうんだ。

でも、そこで考えた。そして、自分に問いかけてみる。ちょっと待てよ。もし、正しいことをして、ジムをひきわたしてしまっていたら、いまより、いい気分になれたんだろうか？　いいや、きっとみじめで情けない気持ちだろう。いまとおなじように。それなら、正しいことをするのがすごくめんどうで、正しくないことをするほうがかんたんなとき、わざわざ正しいことをする意味なんてあるんだろうか？　しかも、結局、どちらでもおなじ気分になるんだとしたら。ぼくはそこでいきづまって、答えられなくなってしまった。それで、もうそれ以上くよくよ考えるのはやめにした。それからあとは、いつでもそのときにいちばん楽なほうを選ぶことにした。

ぼくは小屋にはいった。ジムはいない。あたりを見まわしてもどこにもいない。

「ジム！」

「ここだよ、ハック。やつらは、いっちまったのかい？　大声をだささないでくれよ」

ジムは水中にいた。筏(いかだ)のうしろのオールの下で、鼻だけ水面にだしている。

「あの人たちはもう見えなくなったよ」

とぼくがいうと、ようやく筏(いかだ)に上がってきた。ジムはいう。

「話は全部きいてたよ。それで、もしあの人たちが筏(いかだ)に乗ってきたら岸まで泳ごうと思って、水のなかにはいってたんだ。いなくなったら、またもどってくるつもりだった。ところがどっこい、おまえさんは、みごとに連中をだましたじゃないか！　なんとも賢いこった！　おかげで、このおいぼれジムは助かったよ。おれは、この先ずっとおまえさんがしてくれたことを忘れないよ。ああ、ありがたい」

それから、ぼくたちはお金の話をした。二十ドルずつ手にはいるなんて、ほんとうにありがたかった。ジムがいうには、これだけあれば蒸気船に乗れるし、自由州にたどりつくまで十分にまにあうということだ。それに、筏でいくには三十キロなんてそんなに遠くないけれど、待ちきれない気分だともいった。

夜が明けはじめたので、ぼくたちは筏をつないだ。ジムは、いつも以上にぴりぴりしながら、筏を完璧にかくすことにこだわった。それがおわると、いつでも筏からおりられるようにと、一日かけて荷造りにはげんだ。

その夜の十時ごろ、川が大きく曲がっている部分の左岸に町の明かりが見えてきた。ぼくはカヌーを漕ぎだして、それがカイロなのかどうかたしかめにいった。すぐにボートに乗った男の人を見つけた。流し釣りの糸をしかけているところだ。ぼくはカヌーを横づけしてたずねた。

「すみません、あの町はカイロですか？」

「カイロだと？　ちがうさ。ばかも休み休みいうんだな」

「じゃあ、なんていう町なんですか？」

「知りたきゃ、自分でたしかめてくるんだな。あと三十秒でもおれのじゃまをしてみろ、痛い目にあわせるぞ」

　ぼくは筏にもどった。ジムはえらくがっかりした。でもぼくはいった。「そんなにがっかりしなくていいよ、きっとつぎがカイロだと思うから」と。

　夜明け前にべつの町を通りすぎた。もう一度カヌーで近づこうとしたけれど、高台にある町なのでいかなかった。カイロは高台の町ではないとジムがいったからだ。そういわれればそうだった。ぼくたちはその日一日、砂州にとどまった。川の左岸からあまりはなれていないところにある砂州だ。ぼくのなかで、ある疑いがむくむくと頭をもたげていた。どうやら、ジムもおなじらしい。ぼくはいった。

「ぼくたち、あの霧の夜にカイロを通りすぎちゃったんじゃないかな？」

　ジムが答える。

「なあ、ハック。その話はやめておこうや。おれはつくづくついてないんだ。あのガラガラヘビのぬけ殻のせいじゃないかって、ずっと思ってたんだ」

「あんなヘビのぬけ殻、見つけなきゃよかったんだ。あんなものに気づかなきゃよかったと思うよ」

「おまえさんのせいじゃないさ、ハック。なにも知らなかったんだからな。自分を責めるんじゃないよ」

夜が明けてみると、岸近くを流れているのはまちがいなくオハイオ川のきれいな水で、その外側を流れているのは、相変わらずのミシシッピ川のにごった泥水だった！　つまり、合流地点にあるカイロはとっくに通りすぎているっていうことだ。

ぼくたちはいろいろと話しあった。岸に上がるわけにはいかないし、筏で流れをさかのぼるのももちろん無理だ。いまはただ暗くなるのを待って、いちかばちか、カヌーでさかのぼってみるしかない。そこで、ぼくたちはポプラの茂みのなかで一日じゅうたっぷり眠って、元気をとりもどした。ところが、暗くなって筏にもどってみると、なんとカヌーがなくなっていた！

しばらくのあいだ、ぼくたちはふたりともなにもいわなかった。いうことなんてなにもない。これがあのガラガラヘビのぬけ殻のたたりだっていうことは、ふたりともいやというほどわかっていた。だとしたら、いまさらなにをいうことがあるっていうんだ？　ここであれこれけちをつけたりしたら、その分、さらにべつのたたりがふりかかるだろう。どっちみち最後は、なにもいわずにいるほうがいいってことに気づかされるんだろうから。そのうちようやく、どうしたらいいのか話しはじめた。結局、このまま筏で下っていって、もう一度さかのぼるためのカヌーを買うチャンスを待つしかないっていうことになった。父ちゃんがよくやっていたみたいに、まわりにだれもいないときに、ちょっと拝借、っていうやり方をするつもりはなかった。そんなことしたら、ぼくたちは追いかけられる羽目になる。

というわけで、暗くなってからぼくたちは筏を川におしだした。

これまでにぼくたちにふりかかったたたりを見て、まだヘビのぬけ殻をいじるくらいで悪いことが起こるなんて信じられない人がいるとしても、この先を読んで、ぼくたちがさらにひどい目にあうところを見たら、きっと信じる気になるだろう。

カヌーを買えるとしたら、岸に筏がつながれているところの近くだ。でも、つながれた筏なんかぜんぜん見かけなかったので、ぼくたちはそのまま三時間ほど下りつづけた。そのうち、夜が灰色になって、空気がどんより重くなってきた。こんなふうになるのは、霧のつぎにたちが悪い。川の形がわからなくなるし、遠くも見わたせない。夜おそくで、あたりは静まり返っている。そこへ蒸気船がのぼってくるのが見えた。ぼくたちはランタンを灯して、船から見えるようにした。川をのぼってくる蒸気船は、ふつう、筏には近づいてこない。はなれたところで砂州に沿ったゆるやかな流れを選んで進むものだ。ところが、今夜みたいな夜には、川全体に逆らうように、水路のどまんなかを進んでくるんだ。

蒸気船が近づいてくる音はするのに、すぐ近くにくるまで姿は見えなかった。どうやらぼくたちにむかってまっすぐ進んでくるようだ。ときどき、腕だめしでもするように、筏に触れずにぎりぎりを通ろうとする船がいるもんだ。ときには外輪でオールを折りとられることもあって、そんなときには、水先案内人が顔をだして、自分がさも腕利きだとでもいうようにゲラゲラ笑ったりする。

蒸気船がどんどん迫ってくる気配がする。きっと、ぼくたちの筏をぎりぎりでかわすつもりなんだろうとジムと話していたけれど、進路を変えるつもりはぜんぜんなさそうだ。ものすごく大きな船だ。しかも、ずいぶん急いでいるようだ。まるで黒い雲が、ホタルをずらりと列に並べて身にまとったように見えると思っていたら、その船はいきなり巨大でおそろしげな姿を目の前にあらわした。大きくひらいた炉のとびらがずらりとならんでいて、まっ赤に燃える歯のように見えるし、化け物みたいな船首や外輪カバーがぼくたちにのしかかるように目の前にある。ぼくたちにむかってどなる声がするわ、エンジンを止める合図のベルがジャンジャン鳴るわ、やかましいののしり声だの汽笛だのもひびきわたっている。ジムが筏のむこう側から、そしてぼくがこちら側から川にとびこんだのと同時に、船はまっすぐに筏に乗り上げた。

　ぼくは川底目ざして必死でもぐった。直径十メートルもある外輪がぼくの上を通りすぎるんだから、すこしでも深くもぐりたい。いつもなら、せいぜい一分ぐらいしかもぐっていられないのに、このときは、多分一分半はもぐっていたと思う。それから、大あわてで水面を目ざした。胸が破れそうだったからだ。ぼくは一気に脇の下までポンと浮かび上がると、鼻から水を吹きだしてはげしく息をついた。もちろん川の流れははげしいままで、船はいつまでもエンジンを止めているわけにはいかないので、十秒もしないうちにまたエンジンが動きだした。蒸気船は筏乗りのことなんかいちいち気にしないんだ。こうして、船はあわただしく川をのぼっていった。音はきこえるのに、姿はすぐに見えなくなってしまった。

　ぼくは何べんもジムの名前を呼んだ。でも、返事はない。立ち泳ぎしているときに手に触れた木材につかまると、それをおしながら岸を目ざした。でも、左岸にむかって速い流れがあるのに気づいた。つまり、その流れを横切らなくちゃいけないということだ。ぼくはななめに流されながらその流れに乗った。

その流れはとても長くつづいていて、わたりきるのに三キロほどもおし流された。ずいぶん長い時間をかけてようやく岸に着くと、土手をよじのぼる。前はほとんど見えないけれど、手さぐりしながら荒れた地面を四、五百メートルは進んだろうか。知らないうちに、古くて大きな二棟つづきの丸太造りの屋敷にいきあたった。あわててその屋敷をさけて通りすぎようとしたのに、犬がたくさんとびだしてきて、すごいいきおいでぼくにむかって吠え立てる。ぼくは観念して、じっと動かないことにした。

17

三十秒ほどすると、だれかが窓（まど）から頭をださずに屋敷（やしき）のなかでどなった。

「おまえたち、わかったから静かにしろ！　そこにいるのはだれだ？」

ぼくは答えた。

「ぼくです」

「ぼくってだれなんだ？」

「ジョージ・ジャクソンです」

「で、なんの用だ？」

「べつに用はありません。ただ、通りすぎようとしただけです。だけど、犬たちにつかまっちゃって」

「こんな夜中に、なんでまたほっつき歩いてる？」

「ほっつき歩いてるんじゃありません。ぼく、蒸気船から落ちちゃったんです」

「なんだって？　ほんとなのか？　おい、だれか明かりをつけてくれ。で、名前はなんていった？」

「ジョージ・ジャクソンです。ぼくはただの子どもです」

「いいか、おまえがほんとうのことをいってるのなら、こわがらなくていいんだぞ。だれもおまえを痛い目にあわせたりしないから。だが、にげようなんて思うな。そこを動くんじゃない。おい、だれか、ボブとトムを起こしてこい。それから銃も持ってくるんだ。それで、ジョージ・ジャクソンとやら、ほかにだれかいるのか？」

「いいえ、いません」

屋敷のなかで人が動きまわる音がして、明かりがついた。その人はどなり声をあげた。

「おい、ベッツィ、明かりをどかすんだ。なに考えてるんだ、ばかだな。その明かりをドアのうしろに置くんだ。おい、ボブ、おまえとトムの準備ができたら位置につけ」

「準備オーケーです」

「さてと、ジョージ・ジャクソン。おまえはシェパードソン一家を知ってるか？」

「いいえ、そんな名前、きいたこともありません」

「なるほど、そうかもしれんし、そうでないかもしれん。よし、準備はできた。前にでろ、ジョージ・ジャクソン。あわてるなよ、ゆっくりだ。もし、ほかにだれかいるんなら、そいつは下がらせておくんだぞ。もし、そいつの姿が見えたら撃つからな。さあ、こっちにこい。ゆっくりだぞ。さあ、ドアをあけろ。大きくあけるんじゃないぞ、通れるだけで十分だ。わかったな？」

ぼくはいそいだりしなかった。そうしたくてもできなかっただろう。ぼくは一歩ずつゆっくり前にでた。どこからも音がしない。自分の心臓の音がきこえる気がする。人間たちとおなじように犬もだまっているけれど、ぼくのすぐうしろについてくる。玄関前の三段ある丸太の階段をのぼっていると、だれかが鍵をあけて、かんぬきをはずし、錠をぬく音がきこえた。ぼくはドアに手をあて、なかから声がするまですこしずつおした。

「よし、それでいい。頭をだすんだ」

ぼくはドアのすきまから頭をいれた。きっと、頭を落とされるんだと思った。ロウソクが床に置いてあって、なかのみんながじっとぼくを見ている。十五秒ほどだろうか、ぼくもその人たちをじっと見た。大男が三人、ぼくに銃をむけている。それを見て、ぼくはひるんでしまった。いちばん年上なのは白髪まじりの六十歳ぐらいの人で、ほかに三十代ぐらいの男の人がふたりいた。三人ともりっぱななりをしていてハンサムだ。それから、とてもやさしそうな髪の白い女の人がひとりいて、そのうしろにはちゃんとは見えないけれど若そうな女の人がふたりいた。いちばん年上の男の人がいう。

「よし、だいじょうぶなようだな。さあ、おはいり」

ぼくがなかにはいると、その男の人はすぐにドアをしめ、かんぬきをさして、錠をしめた。それから、若い男の人たちにむかって、銃を持ったままはいれといって、真新しいカーペットが敷いてある大きな客間にはいっていった。そして、表にむいた窓からいちばん遠い部屋のすみにより集まる。そちらの壁には窓はなかった。その人たちはロウソクを手に、ぼくをじろじろと見まわして、口々にいった。

「シェパードソンのところの子じゃないな。ぜんぜん似たところがないぞ」

それから、いちばん年上の人がいった。

「武器を調べさせてもらうが、悪く思うなよ。おまえを傷つけるつもりはないが、念のためだ」そして、ぼくのポケットに手をつっこんだりはしないで、外側からたたいていった。

「だいじょうぶのようだな。さあ、ゆっくりくつろいでくれ。で、おまえさんになにがあったんだって?」

ところが、年をとった女の人がいう。「おやおや、ソールったら。この子はびしょぬれじゃないの。それに、腹ペコなんじゃないの?」

「ああ、そうだな、レイチェル。うっかりしてたよ」

するとその女の人は黒人の女の人にむかっていった。「ああ、ベッツィ、大急ぎでこの子になにか食べる物を用意してあげて。それと、だれかバックを起こして、伝えてちょうだい。あら、ちょうどよかった、バックじゃないの。ほら、この小さなお客さんのぬれた服をぬがしてあげて、なにかあなたの乾いた服を着させてあげて」

バックというのは、十三、四ぐらいに見えるぼくとおなじ年ごろの白人の子で、ぼくよりはすこし大柄だった。着ているのはシャツだけで、髪の毛はぼさぼさだ。あくびをしながら、片手のこぶしで目をごしごしこすり、もう片方の手には銃をひきずっていた。バックはいう。

「シェパードソンのやつらがきたんじゃないの？」

みんながいっせいにちがうといった。「あれはまちがいだったんだ」

「なんだ。もしあいつらなら、ぼくがひとりぐらいやっつけたのに」

みんなが声をあげて笑った。それからボブがいう。
「おいおい、バック。いまごろのこのこやってきたんじゃ、おれたちみんな、とっくに頭の皮まではがされてるところだぞ」
「だって、だれも起こしてくれないんだもん。そんなのずるいよ。いっつものけもので、見せ場なんかないんだから」
「まあ気にするな、バック」いちばん年上の男の人がいった。「これから、いくらでも見せ場はあるさ。あせらなくていい。さあ、この子といっしょにいって、母さんにいわれた通りにしなさい」

ふたりで階段を上がってバックの部屋にいくと、ごわごわのシャツとたけの短いジャケット、それにズボンをだしてくれたので、ぼくはそれらを身につけた。着替えているときにバックが名前をたずねてきたけれど、ぼくが答える前に、おととい森でつかまえたアオカケスだのウサギの子だのの話をはじめて、ロウソクが消えたとき、モーゼはどこにいたのかなんていうなぞなぞもだしてくる。ぼくが、わからない、そんな話、きいたこともないというとバックはいう。

「いいから、考えてみてよ」

「考えろっていわれても、ぜんぜんきいたこともないのに、そんなの無理だよ」

「でも、わかるって、かんたんなんだから」

「ロウソクってどの？」ぼくはたずねた。

「どのロウソクでもいいんだ」

「モーゼがどこにいたのかなんて、わからないよ。どこにいたの？」

「暗闇だよ！　モーゼは暗闇にいたんだよ」

「なんだ。知ってるんなら、なんでぼくにきいたのさ？」

「文句いわないでよ。なぞなぞなんだから。ねえ、ここにはいつまでいるの？　ずっといればいいよ。きっと楽しいよ。いまは学校も休みだし。犬は飼ってないの？　ぼくは一匹飼ってるんだ。川に棒を投げたら、泳いでとってくるんだよ。ねえねえ、髪を櫛でとかすのは好き？　日曜になると、ほかにいろいろばかばかしいことさせられるでしょ。ぼくは大きらいなんだけど、母さんがやれっていうんだ。このズボンもうんざりだな。ちゃんとはけっていわれるんだけど、ほんとははきたくないんだ。こんなに暑いのにさ。準備はできた？　よし、じゃあいこうか」

下におりると、冷めたトウモロコシパンとコーンビーフ、バターとバターミルクをごちそうしてもらった。これまでに食べたどんなものよりもおいしいと思った。バックとバックのお母さん、ほかの人たちもみんなコーンパイプでタバコを吸った。吸わないのはどこかに姿を消した黒人の女の人と、ふたりの若い女の人だけだ。みんなでタバコをふかしながらしゃべり、食べてはまたしゃべった。

ふたりの若い女の人は、肩にキルトをかけて、髪をうしろにたらしていた。みんながあれやこれやたずねてくるので、ぼくは口からでまかせでしゃべりまくった。アーカンソー州の南のはじにある小さな農場で、家族みんなで暮らしていたけど、姉さんのメアリー・アンがかけ落ちして行方知れずになってしまった。それでビルがさがしにいったけれど、今度はビルの行方もわからなくなって、そのうち、トムとモートが死んでしまった。ぼくと父ちゃんだけになってしまったけど、苦労つづきで父ちゃんはなにもかも失くした末に死んでしまった。農場はぼくたちの持ち物じゃなかったから、ぼくはのこったものを持って船で川をさかのぼりはじめた。ところが、寝場所は甲板の上だったからその船から落ちて、いまこうしてここにいるんだ、といったぐあいにだ。

するとみんなはこの家を自分の家だと思って、好きなだけここにいていいんだといってくれた。そのころには夜が明けはじめたのでそれぞれベッドにいき、ぼくはバックのベッドでいっしょに眠った。

朝になって目がさめたとき、こまったことになっていた。自分の名前を忘れてしまっていたんだ。横たわったまま一時間ぐらい思い出そうとしたけどだめだった。そこで、目をさましたバックにこういった。

「ねえ、バック、字は書ける?」

「うん」

「だけど、ぼくの名前は無理だろ?」

「書けるにきまってるだろ」

「ほんとに？　じゃあ、いってみて」

「G-o-r-g-e-J-a-x-o-n ほらね」

「ほんとだ、すごいね。できるとは思わなかった。けっこうむずかしいつづりだから、いきなりいえるとは思わなかったよ」

ぼくは、そのつづりをこっそり書き留め（かきとめ）ておいた。つぎにだれかにつづりをいってみろといわれたときに、すらすらと答えられるようにだ。

この家の人たちは、みんなほんとうに感じがよかった。建物もすごくりっぱで、田舎（いなか）でこんなにしゃれた家を見たのははじめてだ。玄関（げんかん）のドアには鉄の掛け金（かけがね）も、鹿革（しかがわ）のひものついた木製（もくせい）の掛け金もなくて、その代わりに、都会の家みたいに真鍮（しんちゅう）のドアノブがついていた。

都会の家の客間（きゃくま）にはベッドが置いてあることが多いんだけど、この家の客間にはそんなものは置いてない。そこには大きな暖炉（だんろ）があった。底（そこ）はレンガ造り（づくり）で、水をかけてべつのレンガで磨（みが）いているものだから、いつもきれいで赤く光っている。ときどきは、都会の家でするみたいにスパニッシュブラウンっていう赤い水性（すいせい）ペンキを塗（ぬ）ったりもしている。暖炉のなかには、丸太だって置けそうな真鍮製（しんちゅうせい）の大きな薪（まき）のせ台があった。

マントルピースのまんなかには置時計が置いてある。正面のガラスの下半分には街の絵が、まんなかには丸く太陽の絵が描いてあって、そのうしろでゆれている振り子が見えた。その時計がチクタクいう音をきいているとうっとりしてしまう。ときどきやってくる行商人が、時計をみがいてきちんと調整していくと、ぜんまいがもどりきるまでに百五十回でも鐘を鳴らした。この家の人たちは、どんなにお金を積まれても、その時計を売るつもりはないといっていた。

その時計の両側には、石灰岩みたいなものでできた大きなオウムが置いてあった。ごてごてと色を塗られた派手な置物だ。その片方のオウムの脇には瀬戸物のネコが、もう片方のオウムの脇には瀬戸物の犬が置いてあった。そのネコと犬の頭をおすと、キーキーと変な声で鳴く。口をあけるわけでもないし、顔の表情が変わるわけでもないんだけど。どこか、下のほうから音がでてるんだ。置物のうしろには、シチメンチョウの羽でできた大きな扇子が二本、ひらいて置いてあった。

部屋のまんなかにあるテーブルの上には、かわいらしい陶製のかごが置いてある。なかにはリンゴやオレンジ、モモやブドウが山のように盛られているんだけど、どれも本物じゃない。本物よりも赤かったり黄色かったり、おいしそうだったりするんだけど、よく見るとまわりにはかけらが落ちていて、欠けた部分には下地の石灰岩みたいなものが見えるんだ。

テーブルクロスには赤と青の紋章に翼を広げたワシの絵が描かれていた。アメリカのマークなんだ。縁にもぐるりと一周模様が描かれている。わざわざフィラデルフィアからとりよせたものなんだそうだ。テーブルの四隅には本が何冊かずつ、きちんと揃えて積み重ねてあった。

一冊は、挿絵がいっぱいついた家庭用の大きな聖書だ。ほかにも『天路歴程』っていう、なぜだか家族を捨てた男の話を書いた本があった。この本は、しょっちゅう広げては読んだ。おもしろい話だけど、むずかしかった。もう一冊は『友情のささげもの』っていう本で、きれいな物語や詩がいっぱい載った本だ。でもぼくは詩は読まなかった。

ほかにもヘンリー・クレイの演説集や『ドクター・ガンの家庭の医学』っていう本があった。これは病気になったり死んだりしたときにどうしたらいいかが書いてある本だ。讃美歌の本もあったし、ほかにも何冊もあった。

あとは、すわるところが籐で編まれた椅子も何脚かあった。古いかごみたいにまんなかが破れてるなんてことのない、ちゃんとした椅子だ。

壁には絵がたくさんかかっていた。ワシントンやラファイエットを描いた絵、戦争画、ハイランドのメアリーの絵なんかがほとんどで、『独立宣言書の署名』っていう絵もあった。クレヨンで描いた絵も何枚かあったけど、それはもう死んでしまったこの家の娘さんが、十五歳のときに自分で自分を描いた絵だった。

その人が描いた絵はどれも、これまでに見たどんな絵ともちがっていた。どれもだいたいが黒っぽい。そのうちの一枚はほっそりとした黒いドレスを着た女の人の絵だった。脇のすぐ下あたりできつくベルトをしめていて、袖のまんなかはキャベツみたいにふくらんでいる。頭には黒いベールのついた、スコップみたいな形の黒い大きなボンネットをかぶり、白くて細い足首には黒いリボンを十字に巻き、彫刻刀みたいな形の黒いちっちゃな靴をはいている。そうして、ヤナギの下の墓石に悲しそうにもたれかかっていた。右ひじを墓石について、左手は白いハンカチと手提げ袋をにぎって体の横にたらしたままだ。そして、その絵の下には「ああ、もう二度とあなたには会えないのです」と書かれていた。

もう一枚は、髪の毛を全部、頭の上にまっすぐ梳き上げて、椅子の背中みたいな形の櫛の手前で結んだ、若い女の人の絵だった。ハンカチで顔をおおって泣いている。片方の手には死んだ小鳥が、足を上にむけてあおむけのままのっていた。そして、その絵の下には

「ああ、もう二度とあなたのやさしい声をきくことはないのです」と書いてあった。

窓辺にもたれて月を見上げる女の人を描いた絵もあった。頬には涙が伝い、片手ですみっこに黒い封蠟のついた、封を切った手紙をにぎっている。反対の手でチェーンのついたロケットをにぎりしめ、それをぎゅっと口におしつけている。この絵の下に書かれたのはこんなことばだ。「ああ、あなたは死んでしまったの？　そう、あなたは死んでしまった」

どれも上手な絵なんだろうけど、ぼくはあんまり好きになれなかった。ちょっと落ちこんだときに見ると、ますます落ちこんでしまうんだ。でも家の人たちはみんなその女の人が死んでしまったのを残念がっていた。もっともっと、こんな絵を描きたがっていたからだ。そして、この人がのこした絵を見ることで、ますます残念な気持ちがつのるみたいだ。だけどぼくは、こんな性格の人だったら、墓の下にいるほうが楽しくすごせるんじゃないかと思った。

この人が病気になったとき、それまででいちばんの大作にとりかかっていたんだそうで、その絵が完成するまでどうかわたしを生かしておいてくださいと、毎日毎晩祈っていたんだそうだ。でも、結局まにあわなかった。それは白いガウンを着た若い女の人を描いた絵だった。いままさに川にとびこもうとして、橋の手すりの上に立っている。髪は全部背中に流し、涙を流しながら月を見上げ、両手を自分の胸で組んでいる。ほかにもまっすぐ下にのばした手が二本と、月にむかってのばした手も二本ある。きっと、どれがいちばんいいのか描いてみて、最後にほかの手を消すつもりだったんだろうけど、どれにするかきめる前に死んでしまったんだろう。

いまこの絵は、この娘さんの部屋のベッドの頭のところにかけられていて、誕生日のたびに花で飾るんだそうだ。それ以外のときは、小さなカーテンでかくしてある。この絵のなかの女の人はきれいでやさしそうな顔をしているけれど、こんなに手が生えていると、なんだかクモみたいだとぼくは思っていた。

この女の人は死ぬ前、スクラップブックを作っていた。長老教会新聞に載った死亡記事や事故、病気で苦しんでいる人の記事を切りぬいては貼りつけて、それぞれの記事にちなんだ詩を書いては、タイトルもつけていた。つぎにあげる詩は、井戸に落ちておぼれ死んだスティーブン・ダウリング・ボッツってい

う男の子について書いたもので、とてもいい詩だ。

いまは亡きスティーブン・ダウリング・ボッツにささげる歌

幼いスティーブンは、病にかかっていたのだろうか？
幼いスティーブンは、病のせいで死んだのだろうか？
悲しい心がより集まって、
その死を悼んで泣いただろうか？

いいや、そうではない
幼いスティーブン・ダウリング・ボッツは
悲しい心はより集まってきたけれど、
病にかかって死んだのではない

百日咳に苦しめられもせず

はしかの斑点も見あたらず
スティーブン・ダウリング・ボッツの聖なる名前は
それらの病に傷つけられることはなかった

巻き毛の頭を
忌まわしい恋がおそうことはなく
幼いスティーブン・ダウリング・ボッツは
胃の痛みに苦しむこともなかった

いいや、そうじゃない、
いまこそ涙を浮かべて、その運命をきくがいい
その魂は、この冷たい世界からとび立った
井戸に落ちてしまったせいで

井戸からひき上げ、水を吐かせたけれど

ああ、すでにおそかった
その魂は、はるかな高みへととび立った
偉大なる善き魂の王国へ

エメリーン・グレンジャーフォードがこの詩を十四歳になる前に作ったのだとしたら、その先、どんなにりっぱな詩人になったかは、いわずもがなってところだ。バックがいうには、エメリーンはぜんぜん苦労しないで、考えこむこともなくすらすらと詩を書いたんだそうだ。うまく韻が踏めなかったら、さっさとその行を消して、また新しい行を書いて先に進んだんだそうだ。なにかにこだわったりもしないで、これを書いてといわれたら、すぐに悲しい詩に仕立て上げたらしい。

だれかが亡くなるたびに、それが男の人でも女の人でも子どもでも、死体が冷たくなる前に手に「ささげもの」を持って、かけつけたという。エメリーンは詩のことを「ささげもの」と呼んでいたんだ。近所の人は、まずはお医者さん、つぎにエメリーン、そのつぎにやってくるのが葬儀屋だといっていた。葬儀屋がエメリーンより前にあらわれたのはたったの一回きりで、そのときは死んだ人の名前で韻を踏むのに手間どったせいだというんだ。ちなみにその人の名前はホイッスラーだった。

そのとき以来、エメリーンはすっかり人が変わったみたいになってしまったらしい。文句をいったりはしないけど、ふさぎこんだ末に、まもなく死んでしまったんだ。あわれなもんだ。エメリーンの絵を見ていらいらしたり、ちょっとうんざりした気分になるたび、ぼくはエメリーンが使っていた小さな部屋にいって、古いスクラップブックをひっぱりだしては読んだ。ここの家の人は死んじゃった人も生きている人もみんな好きだったから、ちょっとでもきらいになりそうなことはさけたかったんだ。

エメリーンは自分が生きているあいだに死んでしまった人のことは、全部詩にした。なのに、エメリーンが死んだあと、だれもエメリーンについての詩を書かないのは、よくないことだと思った。だからぼくは、なんとか書いてみようとさんざんがんばってみたけれど、どうやってもうまくいかなかった。

エメリーンの部屋は、生きていた当時のまま、持ち物もなにもかもそのままにして、いつもきれいに掃除されていたし、この部屋でほかのだれかが寝ることもなかった。黒人の使用人はたくさんいるのに、この部屋の掃除だけはお母さんが自分でやっていて、しょっちゅうこの部屋で縫い物をしたり、聖書を読んだりしていた。

客間のことは前にも書いたけど、窓にはきれいなカーテンがかかっていた。ツタのからまる壁のあるお城や、水を飲みにやってきた牛の絵やなんかが描かれた白いカーテンだ。小さな古いピアノもあった。なかにブリキの鍋がはいってるようなひどい音がしたけど、お嬢さんたちが「最後の絆も絶たれて」っていう讃美歌をうたったり、「プラハの戦い」っていう曲を弾いたりするのをきいていると、なんともいえない幸せな気分になった。どの部屋の壁にも漆喰が塗ってあって、ほとんどの部屋の床にはカーペットが敷いてあった。そして、屋敷の外側は全体が白く塗られていた。

この屋敷は二棟つづきになっていて、あいだには屋根と床のついたひらけた広いスペースがあった。ときどき、昼間にそこにテーブルをセットすることもあるんだけど、涼しくてとても気分のいい場所だ。あんなにりっぱな家は見たことがない。それに料理もすごくおいしくて、しかも山盛りででるんだから!

グレンジャーフォード大佐はりっぱな紳士だった。頭のてっぺんからつま先まで紳士って感じだ。この家の人たちはみんなそうだった。大佐はいわゆる「良家の出」ってやつだ。ダグラス未亡人がいってたけど、人間も馬とおなじで血統がだいじなんだそうだ。未亡人もあの町ではいちばんの良家の出なのはまちがいないって、父ちゃんはいつもいってた。ただ、父ちゃん自身は、そこいらのナマズと変わらない生まれだけど。

グレンジャーフォード大佐はすごく背が高くて、すらりとしていて、顔色は土気色っていうか、血の気がぜんぜんなかった。毎朝、そのほっそりした顔じゅうきれいにひげをそっていた。くちびるは見たことないほどうすくて、鼻は見たことないほど細くて高い。眉毛は濃くて、彫りがすごく深いから、そのまっ黒な瞳で見られると、洞窟の奥から見つめられているみたいな気がした。額ははっていて、髪は黒くて長くて、肩までたらしている。手の指はほっそりと長い。毎朝清潔なシャツを身につけ、頭から足の先まで目が痛くなりそうなまっ白のリネンのスーツを着ている。日曜になると、真鍮のボタンがならんだ青い燕尾服を着る。手には銀のにぎり手のついたマホガニーのステッキを持っていた。

大佐にはうわついたところがなにひとつなくて、大きな声をあげることもなかった。いつもすごく親切にしてくれて、その気持ちがぼくにも伝わるから信頼できるんだ。ときどき、にっこり微笑むことがあると、こっちまでうれしくなったもんだけど、旗竿みたいにぴんと背筋をのばして、目から火花をちらしはじめたら、まずは木の上にでもにげて、それから、なにをやらかしてしまったのかよく考えるといい。大佐はまわりの人に、あれこれ礼儀作法をいったりする必要はなかった。だれだって、大佐の前ではお行儀よくしていた。だれもが大佐にそばにいてほしがった。大佐はほとんどの場合、太陽みたいだったから。そこにいるだけで、いい天気みたいな気がするんだ。でもごきげんが悪くなると、三十秒ぐらいはあたりがまっ暗になったような気がして、それでもうたくさんだった。そのあと、一週間ぐらいはだれもかれも、なにひとつ大佐のきげんを悪くするようなことはしなくなった。

朝、大佐と奥さんが二階からおりてくると、家族みんなが椅子から立ち上がって朝のあいさつをする。ふたりが腰かけるまではみんな立ったままだ。そのあと、トムとボブがデキャンタの置いてあるサイドボードのところにいき、薬用酒を調合して大佐に手わたす。大佐はグラスを持ったままトムとボブの分も調合しおわるのを待って、おわるとトムとボブがお辞儀をしてこういう。「父上と母上に敬意を」

大佐と奥さんが見たことないほどかすかなお辞儀を返して、「ありがとう」というと、三人で薬用酒を飲み干す。それから、ボブとトムはタンブラーの底にのこった砂糖にスプーン一杯の水とウィスキーかアップル・ブランデーをほんのちょっとたらして、ぼくとバックにくれるから、ぼくたちも大佐と奥さんのために乾杯するんだ。

ボブはお兄さんで、トムは弟。ふたりとも肩幅が広くて、顔はよく日に焼けた美男子で、長くのばした髪も、瞳も黒い。ふたりは、お父さんの大佐とおなじように、上から下まで白いリネンの服を身につけていて、つば広のパナマ帽をかぶっている。

その下にはミス・シャーロットがいる。二十五歳で背は高いし、誇り高くて堂々としているけれど、すごくいい人だ。いらいらしてるときはべつだけど。いらいらしているミス・シャーロットににらまれたら、お父さんの大佐ににらまれたのとおなじように、思わずすくみあがってしまうほどだ。でも、ミス・シャーロットは美人だ。

その下の妹のミス・ソフィアもやっぱり美人なんだけど、ちょっとちがったタイプだ。小鳩みたいにおだやかでやさしいんだ。年はまだ二十歳。

大佐の家族にはそれぞれにつかえる黒人の使用人がいて、バックにもいる。ぼくの世話をする役の黒人はすごく楽だったと思う。ぼくはだれかになにかをしてもらう、なんてことには慣れていなかったからだ。だけど、バックにつかえる黒人はいつもてんてこ舞いだ。

これで家族全部だけど、以前はもっといたということだ。息子のうち三人は殺されて、エメリーンは死んだ。

大佐はあちこちに農場を持っていて、黒人奴隷は百人をこえている。ときどき、十五キロから二十五キロ四方から、馬に乗って人が集まってきて、五、六日この家ですごしていく。昼間にはあたりをぶらぶらしたり、川遊びをしたり、踊ったり、森へピクニックにいったりして、夜になると家で舞踏会だ。やってくる人のほとんどは、大佐の親戚だ。男の人たちはみんな銃を持ってくる。みんな、すごくりっぱな人たちだった。

このあたりには、もうひとつべつの貴族の一族がいた。五、六家族から成る一族で、だいたいがシェパードソンっていう名前だ。グレンジャーフォード一族とおなじくらいの名門で、おなじくらいいい血統で、金持ちで堂々としている。シェパードソン一族とグレンジャーフォード一族は、この家から三キロほど上流にある、おなじ蒸気船の船着き場を使っていた。大勢のなかまとそこにいくと、ときどき、りっぱな馬に乗ったシェパードソンの人を見かけることがあった。

ある日、バックとぼくとで狩りをしに、森の奥まででかけたことがあった。そのときに、一頭の馬が近づく音をきいた。ぼくたちは道を横切ろうとしていたけれど、とつぜんバックが叫んだ。「急いで！　森にかくれるんだ！」

ぼくたちは森にとびこんで、木の葉のあいだからようすをうかがった。すぐあとに、りっぱな若い男の人が馬を走らせてやってきた。馬を安々と走らせるその姿は軍人みたいだった。鞍の前には銃が置いてある。見たことのある顔だった。若いハーニー・シェパードソンだ。

とつぜん、バックがぼくの耳元で銃をぶっぱなした。ハーニーの帽子が頭からころがり落ちる。ハーニーは銃をつかむと、ぼくたちがかくれていたほうにまっすぐむかってきた。でも、ぼくたちだってのんびり待ったりはしない。森のなかをもう走りはじめていた。森の木はまだらに生えているので、肩ごしにふり返りながら銃弾をさけた。ハーニーがバックに狙いを定めたところを二回見た。でも、ハーニーは元きたほうにもどっていった。たぶん、帽子を拾いにいったんだと思う。拾うところは見ていないけど。

ぼくたちは、家までずっと走りっぱなしだった。大佐は話をきいて、一瞬、ぎらっと目を光らせた。ぼくにはおもしろがっているように見えた。それから、ふと表情をゆるめると、やさしい声でいった。

「やぶのなかから撃ったというのは感心しないな。なぜ道にでて撃たなかったのかな?」

「シェパードソンのやつらだって、そんなことしないよ。あいつら、いつだって不意打ちしてくるじゃないか」

バックが話すあいだ、ミス・シャーロットは女王様みたいにつんとあごを上げていた。鼻の穴（あな）を広げて、目は輝（かがや）いている。ふたりのお兄さんはなにもいわなかったけれど、なんだか暗い表情（ひょうじょう）だ。ミス・ソフィアの顔色はさっと青ざめたけれど、だれもけがをしなかったとわかって、血の気がもどった。

そのすぐあと、トウモロコシ倉庫のわきの木の下に、バックとふたりきりですわってぼくはたずねた。

「ねえ、バック、あの人を殺すつもりだったの？」

「うん、もちろんだよ」

「あの人がなにをしたっていうんだい？」

「あいつかい？　ぼくにはなんにもしてないよ」

「じゃあ、なんであの人を殺したいのさ？」

「べつに理由なんかないよ。ただ、これが宿命（しゅくめい）だから」

「シュクメイってなんのこと？」

「ええ？　きみはいったいどこで育ってきたのさ。宿命がなんだか知らないって？」

「そんなことば、きいたこともないよ。教えて」

「うーん、宿命っていうのはこんな感じかな。まず、ある男がべつの男とけんかをしていて、相手を殺しちゃったとするでしょ、そしたら、殺されたほうの兄弟が、仕返しに最初の男を殺すんだよ。そうやって両方の兄弟が順番に殺しあって、いとこまで割りこんでくる。しまいにはおたがいの親類まで全員が死ぬまでこの宿命はつづくんだよ。でも、そんなに急な話じゃなくて、すごく長い時間がかかるんだけどね」

「じゃあ、バック、この宿命も長くつづいてるの？」

「うん、そうだと思うな。三十年とかそれぐらい前にはじまったんだ。最初に、なにかもめごとがあって、裁判ざたになったんだよね。それで、裁判で負けたほうが勝ったほうを撃ち殺しちゃったんだ。まあ、ふつうのことだよね。だれだってそうするよ」

「で、そのもめごとって、なんだったのさ？　土地のこと？」

「うん、たぶんね。でも、わかんないや」

「それで、最初に撃ったのはどっち？　グレンジャーフォード？　シェパードソン？」

「いやだな、そんなのわかるわけないよ。大むかしの話だよ」

「だれも知らないの？」

「そんなことないよ。父さんは知ってるよ。たぶんね。あと、年よりの何人かは。だけど、最初のもめごとがなんだったのかは、その人たちだって知らないと思うな」

「何人ぐらい死んだの？」

「うん、葬式はしょっちゅうあるよ。だけど、いつも死ぬってわけじゃないから。父さんも散弾銃の弾がいくつか体のなかにのこったままだけど、ちっとも気にしてないよ。そんなに重くはないから。ボブは猟刀ですこしばかり切られたことがあるし、トムも一回か二回けがしたことあるし」

「今年はだれか死んでる？」

「うん、こっちとあっちでひとりずつ。三か月ぐらい前、ぼくのいとこの十四歳のバドが、馬で森のなかを走ってたんだ。川のむこう側の森でね。そのとき、バドは武器をなにも持ってなかった。ばかだよね。さびしい場所を通ってるとき、バドは後ろから近づく馬の音をきいたんだ。ふり返ると、すぐ後ろにシェパードソンのじいさんがいた。銃を持って、白髪を風になびかせて。馬からとびおりてやぶににげこめばよかったのに、バドはそのまま走ればにげ切れると思ったんだね。それで追いかけっこがはじまった。十キロぐらい走るうちに、じいさんがどんどん迫ってくる。とうとうバドは、もうだめだと思って馬を止めて、正面にむきなおった。銃弾を背中じゃなくて前で受けとめようと思ったんだな。シェパードソンのじいさんは、かけよるとバドを撃ち殺した。でも、じいさんの幸運も長くはつづかなかったんだ。一週間もしないうちに、ぼくらのほうがそいつを殺したから」

「そのじいさんは、腰ぬけだと思うな」

「腰ぬけなんかじゃないさ。ぜったいちがう。シェパードソンのところに腰ぬけなんかいないよ。ひとりもね。それに、グレンジャーフォードのほうにも腰ぬけはひとりもいないから。そのじいさんだって、べつの日にはグレンジャーフォードの三人を相手に三十分もひとりでがんばって、最後には勝っちゃったこともあるんだよ。最初はみんな馬に乗ってたんだけど、じいさんは馬からおりると小さな薪の山のうしろにかくれて、馬を弾よけにしたんだ。グレンジャーフォードの三人は馬に乗ったままじいさんをとり巻いて、銃を撃ちまくった。じいさんも撃ちまくったよ。じいさんもじいさんの馬も血だらけで、大けがをしたけど、ちゃんと自分の足で家に帰ったんだ。だけど、グレンジャーフォードの連中は、家まで運んでもらわなくちゃだめだった。ひとりは死んでいたし、もうひとりはつぎの日に死んだ。ね、だからさ、シェパードソンの一族のなかから腰ぬけをさがそうとしたって、そんなのむだだね。あの一族からは、ひとりだって腰ぬけはでてこないのさ」

つぎの日曜日、ぼくたちは全員馬に乗って五キロほどはなれた教会にいった。男たちはみんな銃を持っていった。バックもだ。教会ではみんな、いつでも使えるように銃をひざのあいだに置いたり、壁に立てかけたりしていた。シェパードソンの連中もおなじだ。説教はすごくつまらなかった。兄弟愛だのなんだのと、退屈なことばっかりいっていた。でも、みんなはすごくいいお説教だったと、家に帰るとちゅうもずっとほめていた。信仰だの善きおこないだの、かぎりない慈悲の心だの、定められた運命だのといったわけのわからないことばっかり話してるんだ。たまたま、とんでもなくひどい日曜日にあたってしまったようだ。

昼ごはんのあと、一時間ほどすると、みんなあちこちで居眠りをはじめた。椅子の上でそのまま寝ている人もいれば、部屋にもどって寝ている人もいる。なんともだらけた午後だった。バックと犬は庭の芝生の上で、お日様の光を浴びながら手足をのばしてぐっすり眠っている。ぼくも自分の部屋にもどって、昼寝でもしようと思った。

ぼくとバックの部屋のとなりはミス・ソフィアの部屋なんだけど、その部屋の戸口にミス・ソフィアが立っていた。ミス・ソフィアは、ぼくをつれだって部屋にはいるとドアをそっとしめた。それから、ぼくに「わたしのこと、好き?」ってたずねた。ぼくが「はい」と答えると、「お願いしたいことがあるんだけど、だれにもいわないでいられる?」ってきかれたので、また「はい」と答える。すると、聖書をうっかり教会の席のほかの本のあいだに置き忘れてきちゃったから、そっとでかけてとってきてほしいっていうんだ。そして、そのことはだれにもいわないでほしいという。

ぼくは「わかりました」といって家をぬけだし、教会にいった。教会にはだれもいなかった。ドアに鍵なんかかかっていないから、ブタが一、二頭はいりこんでいたかもしれないけど。夏には板ばりの床が涼しいことを知ってて、ブタがよくはいりこむものなんだ。用もないのに教会にいく人なんていないもんだけど、ブタはべつだから。

ぼくはなんだかあやしいぞ、と自分にいいきかせた。女の子が聖書一冊ぐらいで大さわぎするのは不自然だ。そこで聖書をふってみると、小さな紙切れがはらりと落ちた。そこには鉛筆で「二時半」と書かれていた。聖書のすみからすみまでさがしてみたけど、ほかにはなにも見つからなかった。ぼくはその紙切れを聖書にもどして、家に帰った。二階に上がると、ミス・ソフィアが部屋の戸口で待っていた。ミス・ソフィアはぼくを部屋にひっぱりこんでドアをしめた。それから、聖書を調べて紙切れを見つけた。書かれていることを読んだとたん、とてもうれしそうな顔をした。そして、いきなりぼくをつかまえると、ぎゅっと抱きしめていった。

「あんたは世界一の男の子ね。だれにもいっちゃだめよ」

しばらく顔がまっ赤だったたし、目もキラキラ輝いていたから、ものすごくかわいく見えた。ぼくはびっくりしていたけど、息ができるようになるとあの紙はなんだったのかとたずねた。

ミス・ソフィアが「あんたは読んだの?」ってきいたので、「いいえ」と答えた。

「字は読めるの?」

「いいえ、読むのは苦手なんです」

「そうなの。あれはね、しおり代わりにはさんでおいただけなの。さあ、そとで遊んでいらっしゃい」

ぼくはあれこれ考えながら川のほうに

おりていった。ぼくにあてがわれた世話係のジャックがついてきていることにはすぐに気づいた。家が見えなくなると、その黒人はきょろきょろあたりを見まわしてから、ぼくにかけよっていった。

「ジョージ様、沼までいらっしゃるなら、ヌママムシがたくさんいるところをお教えしますよ」

なんだか、おかしな話だ。きのうもおなじことをいっていたんだ。わざわざヌママムシを見にいきたがるやつなんかどこにもいないのは知ってるはずなのに。いったい、どういうつもりなんだろう？　そこでぼくはいった。

「わかったよ、先にいって」

一キロほどついていくと沼にいきあたった。くるぶしまで水につかって、さらに一キロほど進む。やがて、木ややぶやツタがびっしりと生えた、平らでかわいた小さな島にたどり着いた。ジャックがいう。

「ジョージ様、何歩か進んでください。ヌママムシはそこにいますから。わたしは前にも見てるんで、もう見なくてけっこうです」

そういうと、沼のなかをじゃぶじゃぶ歩いていってしまった。すぐに木にかくれて見えなくなった。ぼくが木をおしのけて進むと、小部屋ぐらいのツタにおおわれたひらけた場所にでた。そこには、男がひとり横たわって眠っていた。なんとそれはジムだった！

ぼくはジムをゆさぶり起こした。てっきり、ぼくに会えてびっくりぎょうてんするだろうと思っていたのに、ぜんぜんちがった。泣きだしそうなぐらいうれしそうだったけど、おどろいてはいなかった。あの夜、ジムはぼくのあとを泳いでついてきていたんだという。ぼくが呼ぶ声はきこえていたけど、返事はしなかった。だれかにきかれてつかまえられたくなかったからだ。そんなことになったら、また奴隷の身にもどってしまうんだから。ジムはいった。

「おれはちょっとばかりけがをしちまって、速くは泳げなかったんだ。それで、ずいぶんひきはなされちまった。ハックが陸に上がったときには、おれも陸に上がったら大声で叫ばなくても追いつけると思ったんだ。けど、あの家が見えてからは足をゆるめたんだよ。あの人たちがハックになんていってるのかは、遠すぎてきこえなかったから。それにあの犬どもがこわかった。でも、また静かになったから、おまえさんがあの家にはいったってことはわかった。それでおれは、森にはいって夜が明けるのを待つことにした。朝早くに、畑にでる黒人たちがやってきて、おれをここにつれてきてくれたんだ。ここなら沼のなかだから犬どもにかぎつけられる心配もないし、毎晩食べる物も持ってきてくれた。それでおまえさんがどうしてるのかも教えてもらった」

「なんでもっと早くぼくのジャックにいって、ここにつれてこさせなかったのさ?」

「先の見通しも立たないうちにじたばたしても、なんの役にも立たないからな。だが、もうだいじょうぶだ。鍋だのやかんだの食べ物だのを買い集めておいたし、夜のうちに筏の修理もやっておいたし……」

「筏だって?」

「おれたちの筏だよ」

「まさか、あのこなごなに砕けちった筏のことじゃないよね?」

「こなごなってわけじゃなかったんだ。たしかにこわれたところは多いんだが、そんなにひどいわけじゃない。荷物はほとんどなくなっちまったがね。あのとき、あんなに深くもぐっていなけりゃ、しかも、あんなに暗い夜でなくて、おれたちがあんなにばかみたいにおびえてなけりゃ、筏は見つけられたのさ。だが、いまさらいってもしょうがない。あの筏は、いまじゃ新品みたいにきれいに直ってて、なくした物の代わりに、新しいのをたっぷり集めてあるんだからな」

「だけど、どうやってまたあの筏を見つけたの？　泳いで追いかけたとか？」

「森にかくれてたのに、そんなことできるわけがないよ。川が曲がったところの沈み木にひっかかってるのを見つけた黒人が、ヤナギの林のなかの小川にかくしておいたんだ。ところが、これはだれのものなんだって、あんまり大さわぎするもんだから、すぐにおれの耳にもとどいて、おれが話をおさめたんだ。これは、おまえたちだれのものでもない、おれとハックのもんだ。白人の若いだんなの持ちものをかってに自分のものにして、ひどい目にあいたいのかっていってな。それから、みんなに十セントずつわたしてやったらすっかりよろこんで、ほかにも筏が流れてきて、もっと金持ちになりたいもんだ、なんていってたよ。あの連中は、おれにすごく親切にしてくれた。たのんだことは、ふたつ返事でひき受けてくれるんだ。あのジャックってのは、すごくいいやつだし、頭もすごくいい」

「うん、そうだね。ジャックはジムがここにいるなんてひとこともいわないで、ヌママムシをたくさん見せてあげますっていったんだ。それなら、もしなにかあってもジャックは巻きこまれずにすむから。ぼくたちふたりがいっしょにいるところなんか見たことありませんっていえるもんね。実際にその通りなんだし」

　つぎの日に起こったことはあんまりくわしく話したくない。なるべく短めに話すつもりだ。夜明けごろ、一度目がさめて、寝返り(ねがえり)を打ってもう一度眠(ねむ)ろうとしたんだけど、すごく静かなのに気づいた。まるで、だれも起きていないみたいに。これは普通(ふつう)じゃない。つぎに気づいたのは、バックがベッドにいないことだった。それで、ぼくも起きて、不思議に思いながら下の階にいった。下にはだれもいなかった。なにもかもが静まり返っている。外もおんなじだ。いったい、どういうことなんだろう？　薪(まき)が積んであるところまでいったらジャックがいたのできいてみた。

「なにかあったの？」

「ジョージ様、知らないんですか？」

「うん、知らないよ」

「なんとまあ、ソフィアお嬢様(じょうさま)がいなくなってしまわれたんですよ！　何時ごろなのかはだれにもわからないんですが、きのうの夜、家をぬけだしていなくなってしまわれた。みんなは、シェパードソンところの若(わか)いハーニーと結婚(けっこん)するためなんじゃないかっていってます。家族のみなさんがお気づきになったのはほんの三十分ほど前なんですが、いやあ、そのあとのむだのないこと。あんなにすばやく銃(じゅう)だの馬だののしたくをすましたところなんか、一度だって見たことありませんや。女のみなさんがたは、親戚(しんせき)を呼(よ)び集(あつ)めにいかれましたし、大佐殿と息子さん方は銃をかついで川沿いの道をいきなさった。ソフィアお嬢さんたちが川をわたる前に追いついて、シェパードソンところの若いのを殺しちまおうってわけです。ひと荒れありそうですよ」

「バックはぼくを起こさないでいっちゃったんだね」

「そりゃそうでしょうとも！　みなさんは、ジョージ様を巻きこむつもりはないんですから。バック様は銃に弾をこめながら、シェパードソンのやつをかならずひとりはつかまえてくるっておっしゃってました。なにしろたくさんいるんだから、うまくすれば、バック様もひとりぐらいつかまえてくるでしょうよ」

ぼくは大急ぎで川沿いの道を走った。やがて、ずっと遠くのほうから銃声がきこえてきた。蒸気船の船着き場近くの丸太置き場や薪の山が見えてくると、木の下ややぶのなかをかくれながら走った。安全な場所にたどり着くと、ポプラの木にのぼって、高いところにある枝が二股になったところで見物をはじめた。その木の前に一メートルをこえるぐらいの高さの薪の山があって、はじめはその山のうしろにかくれようと思ったんだけど、そうしなくてほんとうによかった。

丸太置き場の前のひらけた場所には馬に乗って走りまわる四、五人の男がいて、船着き

場の横にある薪の山のうしろにいるふたりの若い男を撃ち殺そうと、ののしったり叫んだりしていた。でも、なかなかうまくいかない。馬に乗った男のひとりが、薪の山の川側にまわりこもうとするたび、狙い撃ちにされてしまう。薪の山のうしろにいる若者ふたりは背中あわせにしゃがんでいるから、敵がどちらからきても見落とすことはないんだ。

そのうちに、馬の連中は走りまわったり叫んだりをやめた。丸太置き場にむかって馬を進めていると、薪の山のうしろにいた若者のひとりが立ち上がって狙いを定め、馬に乗った男のひとりを撃った。撃たれた男は鞍からころがり落ちる。男たちは全員馬からとびおりると、撃たれた男の体をつかんで、丸太置き場のほうへ運びはじめた。若者ふたりはそのすきをついて、走ってにげはじめた。ふたりがぼくがかくれている木まで半分ぐらいのところまで走ったところで、敵方の男たちが気づいた。すると男たちは馬にとび乗ってあとを追いはじめる。近づいてはくるものの、追いつきはしない。ふたりのでだしが早かったからで、ぼくがいる木の前の薪の山のうしろにすべりこんだ。それで、ふたりはまた有利になった。ふたりのうちのひとりはバックだった。もうひとりは十九歳ぐらいのほっそりした若者だ。

馬の男たちはしばらくそこいらを走りまわっていたけれど、やがて走り去ってしまった。男たちの姿が見えなくなるとすぐ、ぼくはバックに声をかけて、男たちがいなくなったことを教えた。バックは最初のうち、どうしてぼくの声が木からきこえてくるのかわからなかったみたいで、えらくおどろいていた。それから、しっかり見張っていて、やつらが見えたらすぐに知らせてほしいといってきた。やつらは、きっとなにか悪だくみをして、またすぐにもどってくるはずだというんだ。ぼくはできればこの木から消えてしまいたかったけれど、おりはしなかった。

そのうち、バックが泣いたりわめいたりしはじめた。自分といとこのジョー(それがもうひとりの名前だ)とで、きょうの仕返しをしてやるんだといっている。お父さんの大佐と、ボブとトムのふたりのお兄さんは殺されてしまったんだという。敵方も二、三人死んだらしい。シェパードソンの連中は待ち伏せをしていておそいかかってきたんだそうだ。大佐とお兄さんたちは親戚が集まるのを待っているべきだったんだ、シェパードソンの連中相手に三人だけじゃ手ごわすぎるのに、とバックはいう。ぼくはハーニーとミス・ソフィアはどうなったの？　とたずねた。ふたりともぶじに川をわたったときいて、ぼくはうれしかった。でも、あの日、ハーニーを撃ち殺せなかったとくやしがるバックのようすは、見たことがないほどはげしかった。

とつぜん、バン！　バン！　バン！　と三、四挺の銃がいっせいに鳴り響き、森のあちこちから男たちが姿をあらわした。だれも馬には乗っていない！　バックとジョーは川にとびこんだ。ふたりともけがをしたようだ。男たちは川の土手を走りながら銃を撃って、泳ぎ下るふたりを追いかける。男たちは「やっちまえ！　やっちまえ！」と口々に叫んでいる。きいていたぼくはあんまりおそろしくて、木から落ちてしまいそうだった。そこで起こったことは、もうそれ以上話せない。思い出すだけで気分が悪くなる。こんなものを見ることになるんなら、筏がこなごなになったあの夜、岸に上がったりするんじゃなかったと思うぐらいだ。その日のことは、どうしても忘れることができない。そのあと何度も夢に見てうなされた。

　ぼくは暗くなるまで木の上にいた。こわくておりられなかったんだ。森のなかのどこか遠くから銃の音がきこえた。それに二度、銃を持って馬に乗った男たちの小さな集団が丸太置き場を速足で通りすぎるのを見た。それでぼくは、まだ騒動がおわっていないのを知った。ぼくはものすごく落ちこんで、もう二度とあの屋敷には近づかないと決心した。きっと、なんやかんやと責められるにちがいないと思ったからだ。聖書にはさんであったあの紙切れは、ミス・ソフィアとハーニーがどこかで二時半に落ちあってにげるっていう意味で、あの紙切れのことと、ミス・ソフィアのようすがおかしかったってことをお父さんの大佐にぼくが伝えるべきだったんだ。そうすれば、大佐はミス・ソフィアをとじこめて、めんどうなさわぎは起こらずにすんだのかもしれない。

　ようやく木からおりたぼくは、川の土手に沿ってしばらく下った。とちゅう、水際に横たわった死体をふたつ見つけた。川岸にひき上げてから顔を布でおおうと、大急ぎでその場を立ち去った。バックの顔をおおうときにはすこし泣いてしまった。バックはすごく親切にしてくれたから。

　もうすっかり暗くなっていた。ぼくはあの屋敷には近づかず、森をぬけてあの沼にいった。ジムは島にいなかったので、大あわてで筏がある小川のほうにヤナギをおしわけてむかった。さっさと筏にとび乗って、このおそろしい場所からにげだしたい。それなのに、筏がない！　なんていうことだ。一分ほど息ができないぐらい、ぼくはすっかり縮み上がった。それから、大声で叫んだ。ほんの七、八メートル先から声がした。

「おやおや！　おまえさんなのかい？　そんな大声をだすもんじゃないよ」

ジムの声だった。こんなにいい声は、これまで一度だってきいたことがない。ぼくは土手に沿って走って、筏にとび乗った。ジムはぼくをつかまえてぎゅっと抱きしめた。それほどうれしかったんだな。それからジムはいった。

「ああ、よかったよ。おまえさんは今度こそまちがいなく死んじまったと思ってたんだ。ジャックがここにやってきて、家に帰ってこないところを見ると、おまえさんは撃たれたんだと思うというんだ。それで、ちょうどいま、筏を小川の口めがけておしだすしたくをしてたんだ。ジャックがもういっぺんきて、おまえさんがたしかに死んだっていったら、すぐに出発するつもりだったよ。ああ、ありがたい。またおまえさんに会えて、ほんとうにうれしいよ」

ぼくは答えた。

「うん、そいつはすごく都合がいいね。ぼくを見つけられなければ、きっと殺されたと思うだろうから。そして、死体は川に流されたんだろうってね。すこし川上に、そう思う理由になるようなものがあるんだ。さあ、ぐずぐずしている時間はないよ。できるだけ大急ぎで川の本流に乗らなくちゃ」

筏で三キロほど下って、ミシシッピ川のまんなかあたりにでるまで、気が気じゃなかった。それから、合図のランタンをさげて、これでようやくまた自由で安全になったと思った。ぼくはきのうからひと口も食べていなかったので、ジムがトウモロコシパンやバターミルク、ブタ肉やキャベツ、緑の野菜なんかをだしてくれた。ちゃんと料理されていれば、この世のなかにこれほどおいしいものはない。ぼくが食べているあいだ、ふたりでおしゃべりをした。とても楽しい時間だった。ぼくはあの「宿命」からぬけだすことができて、ほんとうにうれしかった。あの沼からぬけだせたジムもよろこんでいた。結局、筏ほどすばらしいわが家はないっていうことになった。ほかの場所は窮屈で息がつまりそうだけど、筏ならそんなことはない。筏の上でなら、自由で気楽で快適な気分が味わえるんだ。

19

それから、二、三日がすぎ去った。というより、泳ぎ去ったという感じだった。静かになめらかに、気持ちよく流れていったっていう感じだ。ぼくたちがどんなふうに時間をすごしたか話そうと思う。このあたりまで下ってくると、川幅(かわはば)はおそろしいくらい広くなっている。幅が二キロ以上っていうところもあるぐらいだ。

ぼくたちは夜に進んで、昼のあいだは筏(いかだ)をつないでかくした。もうじき夜が明けるってころには筏を進めるのはやめにして、だいたいは中州(なかす)のかげの淀(よど)みに筏をつないだ。それ

から、ポプラやヤナギの枝を切って、それで筏をかくすんだ。それから、釣り糸をしかける。そのあとは、川にはいって泳ぐ。汗を流してほてった体を冷やすためだ。そして、水がひざあたりまでくる深さのところで川底の砂に腰をおろして、夜が明けるのをじっと見てるんだ。どこからも音はしない。完全な静けさだ。まるで世界じゅうが眠っているみたいだった。ときどき、ウシガエルの声がするぐらいだ。

　川面のはるか遠くのほうに最初に見えてくるのは、なんていうか、ぼんやりした線みたいなものだ。それはむこう岸の森なんだけど、木の一本一本を見分けるなんてことはできない。それから、空にうっすらと白っぽいところが見えてくる。その白さが強くなって、範囲も広がっていくと、川の遠くのあたりがやさしげな感じになってきて、もう黒じゃない灰色になっているんだ。ずっと遠くのほうに、小さな黒い点みたいなものが流れていくのが見えるようになるんだけど、それは荷物を運ぶ平底船やなんかだ。黒くて細長いものが流れていれば、それは筏だ。ときどき、オールを漕ぐキーキーいう音や、人が話す声ががやがやときこえてくるけれど、それはすごく遠くからの音で、それぐらい静かだっていうことなんだ。

　そのうち、水面に筋のようなものが見えるようになってくるけど、水中にある沈み木に速い流れがぶつかるとそんなふうな筋ができるんだ。川の上に渦を巻くような霧が立って、東の空が赤く染まって、川まで赤く染まると、森のはずれの岸辺に丸太小屋が見えてくる。むこう岸の土手の上には材木置き場らしいものがあるんだけど、でたらめな積み方なので、どこからでも犬を投げこめるぐらいすきまだらけだ。

やがて、川から気持ちのいい風が吹きはじめる。涼しくて新鮮で、森に咲く花の香りのせいなのか、あまいにおいのする風だ。でも、ときどきは死んだ魚がちらかっていて、ひどいにおいがすることもあった。すっかり夜が明けると、そこいらじゅうで太陽が笑いかけて、鳥たちがにぎやかにうたいはじめる！

すこしぐらいの煙が立っても見つかる心配はないので、釣り糸から魚を何匹かはずして、ほかほかの朝ごはんを作る。そのあとは、さびしい川の風景を見ているうちにだんだんのんびりした気分になって、やがて眠ってしまうんだ。そのうち目がさめて、なにか変わったことがないか見まわすと、ポッポッと蒸気を上げている蒸気船が見えるかもしれない。でも、遠い川のむこう岸を通っているから、水かき車が船尾についているのか船体の横についているのかぐらいしかわからない。

それから一時間ほどは、なにひとつきこえないし、見えない。この世にはぼくとジムしかいないんじゃないかと思うようなさびしさだ。つぎには遠くのほうに筏が流れ下っていくのが見えることもある。筏の上で薪を割っているトンマな男が見えるかもしれない。なぜだかたいてい、筏の上には薪を割ってる男がいるものなんだ。ふり上げた斧がきらっと光ってふり下ろされる。でも、なにもきこえない。斧がまたふり上げられて、男の頭の上まできたころ、カーンという音がきこえる。それぐらい遠くにいるっていうことだ。

ぼくたちはそんなふうに静けさに耳をかたむけながら、だらだらと一日をすごした。ある日、霧がものすごく濃い日があって、川を通る筏やなんかは、蒸気船にぶつからないようにカンカンと鍋をたたいていた。平底船や筏がすぐ近くを通ったので、話し声やののしり声、笑い声なんかがはっきりきこえたけど、霧でその姿はまったく見えないんだ。人の魂がふわふわ空中をただよっているみたいで、なんとも気味が悪い。ジムは魂にちがいないと信じていたけど、ぼくはいってやった。

「ちがうよ、魂は『くそいまいましい霧だな』なんていわないよ」

夜になるとすぐ、ぼくたちは出発する。筏を川のまんなかまで進めると、あとはただ流されるままにする。ぼくたちはパイプをふかして、足を水に浸しながらいろんなことをしゃべる。蚊があんまりうるさくないときには、ふたりともたいがい裸だ。バックの家の人がしつらえてくれた服は、上等すぎて落ち着かないし、もともと服を着るのは好きじゃないんだ。

ときには、川の全部をぼくたちだけで長い時間ひとりじめにすることもあった。遠くには川岸や島が見える。ときどき、キラッと光るものが見えることがあるけど、それは小屋の窓のロウソクの明かりだ。水面に光がいくつか灯っているのが見えることもあるけど、それは筏や平底船の明かりだ。船からバイオリンの音や歌声がきこえてくることもあるかもしれない。

筏の上の暮らしって、ほんとうに気分がいい。見上げれば空があって星がまたたいている。ぼくたちは筏の上に寝そべって、星はだれかが作ったものなのか、はじめっからそこにあるものなのか議論する。ジムはだれかが作ったものだっていうけど、ぼくははじめっからあるんだという。あんなにたくさん作るんじゃあ、いくら時間があっても足りないとぼくは思うんだ。ジムは月が星を産んだのかもしれないといった。そんなこともありそうな気がして、ぼくは反対しなかった。前に、カエルがものすごくたくさんの卵を産んだところを見たことがあったので、そうかもしれないと思ったんだ。ぼくたちは流れ星もよく見た。星がスーッと流れていく。ジムは腐った星が巣から放りだされたんだといった。

一晩に一度か二度、暗闇を通りすぎる蒸気船を見ることがあった。煙突から吐きだされたものすごい量の火の粉が、川面に雨のように降り注ぐところはとてもきれいだった。船はやがて角を曲がって、明かりも見えなくなり、水かき車がまわる音もきこえなくなると、川はまた静まり返る。通りすぎてずいぶん長い時間がたってから、船が立てた波がぼくたちのところまでやってきて、筏が軽くゆすられる。そのあとは、どれぐらいの時間がたったのかわからなくなるぐらい、なにもきこえなくなる。カエルの声ぐらいはきこえるかもしれないけど。

真夜中をすぎて、川辺の人たちがみんな寝てしまうと、それからの二、三時間、川岸もまっ暗になる。小屋の窓の明かりもなくなる。小屋の明かりはぼくたちの時計代わりだ。最初の火が灯ったらもうじき朝になる時間なので、筏をつないでかくす場所をすぐに見つけなくちゃいけない。

ある朝の夜明けごろ、ぼくはカヌーを見つけて手にいれたので、筏をつないだ砂州から早瀬を横切って岸まで漕いでいった。ほんの二百メートルほどの距離だ。それから、イチゴでも見つからないかと糸杉の森を流れる小川を、一キロ半ほど漕いで上がる。ちょうど小川を横切る小道にさしかかったところで、男の人がふたり、その道をものすごいいきおいでこちらにむかって走ってきた。ぼくはもうだめだ、と思った。だれかがだれかを追いかけているのを見ると、きっとぼくを追いかけているんだろうと思ってしまうからだ。ぼくじゃなければジムを。

大あわてでそこからにげようとしたけれど、そのころにはふたりはもうすぐそこまできていた。ところがふたりは、ぼくにむかって助けてくれって叫(さけ)んだんだ。なにもしていないのに、人と犬に追いかけられているんだという。ふたりはそのままカヌーにとび乗ろうとしたけれど、ぼくはいった。

「それはやめてください。犬の声も馬の足音もまだきこえないから、やぶをぬけてこの小川に沿(そ)ってもうすこしさかのぼって、そこから水にはいってここまでもどってきてください。そうしたら、乗せてあげますから。そうやって犬の鼻をまかないと」

ふたりはいわれた通りにした。ふたりがカヌーに乗りこむとすぐ、ぼくたちは筏(いかだ)のある

砂州めがけて漕ぎだした。それから五分か十分たったころ、犬の声と人のどなり声が遠くからきこえてきた。小川のほうにむかっている音はするけれど、姿は見えない。立ち止まってあちこちさがしまわっているのもきこえる。

そうこうしているうちに、カヌーはどんどん遠ざかって、やがて追手の音はぜんぜんきこえなくなった。森のなかを一キロ半ほど進んで川にでるころには、どこもかしこも静まり返っていた。ぼくたちは砂州まで漕いでいって、ぶじにポプラの茂みにかくれた。

ふたりのうちひとりは、七十歳かそれ以上に見えるはげ頭のじいさんで、まっ白なひげを生やしていた。じいさんは古ぼけたソフト帽をかぶり、油じみた青いウールのシャツを着て、ぼろぼろのブルージーンズのすそをブーツにつっこんでいた。手作りらしいズボン吊りは片方だけしかない。ピカピカの真鍮のボタンがついた、燕尾服みたいにすその長いジーンズ生地のコートを、片腕にひっかけている。ふたりともパンパンにふくらんだ、ぼろいカーペット地の旅行カバンを持っていた。

もうひとりの男の人は三十歳ぐらいで、じいさんとおなじくらいみすぼらしいかっこうをしている。朝ごはんがおわると、みんなで寝そべって話をきいた。最初にわかったのは、このふたりがおたがい知らない同士だっていうことだった。

「あんたはなんでやっかいごとに巻きこまれたんだ？」じいさんがもうひとりにたずねる。

「ああ、わたしはね、歯石をとる薬を売ってたんですが、その薬は歯石といっしょに歯のエナメル質までとってしまうという代物でしてね、ひと晩ばかりあの町に長居しすぎたものですから、そろそろおいとましようというときに、バッタリあなたにでくわしたというわけです。あなたが町の衆に追われてるから助けてくれとおっしゃるものだから、似たような立場のわたしもいっしょににげようということになったわけです。それだけのことですよ。それで、あなたは？」

「わしは一週間ばかりあそこで、小さな禁酒集会をひらいとったんだ。酔っぱらいどもをぼろくそにいうもんだから、老いも若きもご婦人方には大受けだった。おかげで、毎晩五、六ドルも稼いだんだ。ひとりあたり十セントの入場料をとったからな。子どもと黒人は無料だよ。そうやって、大繁盛だったのに、きのうの夜、なぜだか変なうわさが広がってしまってな。このわしが、だれも見ていないときにこっそり酒を飲んでるっていううわさだ。けさがた、ある黒人がわしを起こしにきて、町の連中がこそこそと犬や馬を集めて、わしをつかまえようとしてると教えてくれたんだ。じきにやってくるはずだが、三十分か一時間か、わしを先にいかせてから追いかけて、とっつかまえようってことらしい。もしつかまったら、体にタールを塗られたあげく羽をまぶされて、丸太にまたがせられて町じゅうをひきまわしだ。まちがいない。それで、朝めしも食わずににげてきたってわけだ。どうせ腹もへってなかったしな」

「ご老人」若いほうがいった。「わたしたちで、手を組みませんか？　いかがです？」

「まあ、悪くはないな。で、あんたのやり口は？　おもになにをやってる？」

「旅まわりの印刷工です。薬売りもすこしばかり。役者もやります。まあ、悲劇専門ですね。場合によっては催眠術や骨相見もやります。子どもに地理学記憶音頭を教えることもありますし、ときどきは講演も。まあ、手ごろなものならなんでもやります。それで、あなたは？」

「むかしはよく医者をやったもんだ。得意なのは、手をあてるだけでガンでも神経麻痺でもぴたりと治るってやつだ。占いも得意だぞ。あれこれネタを集めるなかまと手を組んでやるのさ。説教も専門だ。野外集会をひらいたり、あちこち伝道して歩いたりもする」

しばらく、だれもなにもいわなかった。それから、若いほうがため息をついていった。

「やれやれ！」

「なにがやれやれなんだ？」じいさんがいう。

「こんな暮らしをするために生きてきたんだと考えると、情けなくなりまして。しかも、このような方々と手を組むほど落ちぶれるとは」そういって、ぼろきれで片方の目尻をぬぐっている。

「ふざけるんじゃない。わしらじゃ、不満だとでもいうのかね？」じいさんはかなりかっかと怒っている。

「いやいや、不満なんかありません。わたしにはお似合いです。一度は高いところにいたこのわたしを、ここまで落ちぶれさせたのはいったいだれなのでしょう？　そう、わたし自身なのです。わたしはあなたを責めてるわけじゃありません。あなたみたいな紳士を責めるなんてとんでもないこと。わたしはだれも責めてなんかいません。すべて、わたしのせいなのだから。冷たい世界よ、わたしをこらしめるがいい。ただひとつわかっているのは、いずこかにわたしの墓があるということだけ。世界はなにごともないように動きつづけるがいいさ。わたしからなにもかもうばいとるがいい。愛するものも財産も、なにもかも。だが、わたしの墓だけはうばいとれないぞ。わたしはいつかその墓に身を横たえ、なにもかも忘れ去るのだ。そのとき、わたしのあわれなこわれたハートは安らかに眠るのだ」そういって涙をぬぐいつづける。

「なにがあわれなこわれたハートだ」じいさんがいう。「なんで、そんなものをわしらにひけらかしとるんだ？　わしらにはなんのかかわりもないぞ」

「ええ、もちろんなんのかかわりもありません。あなたを責めてるわけではないのですよ。わたし自身のせいなんですから。そう、自分でかってに落ちぶれたのです。わたしが苦しむのもとうぜんのこと。まちがいなく。文句のつけようもありません」

「落ちぶれたというのは、いったいどこから？　あんたはなにものなんだね？」

「ああ、きっと信じてはもらえないでしょう。世界じゅうが信じないでしょう。それでいいのです、かまうものですか。実はわたしには出生の秘密が……」

「出生の秘密だと？　そりゃまたいったい……」

「紳士のみなさん」若い男の口ぶりはとても真剣だ。「いま、みなさんに明かしましょう。みなさんは信頼のおける方々だと感じるからです。実はこのわたしは公爵なのです！」

それをきいてジムは目をむいた。まちがいなくぼくも目をむいていたと思う。じいさんがいった。「まさか！　冗談なんだろ？」

「いいえ、わたしの曽祖父は由緒正しきブリッジウォーター公爵の長男でありまして、自由の純粋な空気を吸うために、前世紀のおわりにこの国にやってまいりました。この地

で結婚し、ひとり息子をもうけて亡くなりました。その父である公爵もまたおなじころに亡くなっております。ところがこの亡くなった公爵の次男が、正統なあとつぎである幼子を無視して爵位と財産をうばいとってしまったのです。わたしはその幼子の息子、つまり直系の子孫なのであります。わたしこそが正統なブリッジウォーター公爵なのであります。そして、これがいまのわたし。打ち捨てられ、落ちぶれ果て、追い立てられ、冷たい世界からさげすまれ、ぼろを身にまとい、疲れ果て、ハートはこわれ、粗野な筏乗りのなかまに成り下がるとは！」

ジムはこの人のことをすごくあわれんだ。ぼくもそうだ。ぼくたちはなんとかこの人をなぐさめてあげようとしたけれど、そんなことはむだだ、なぐさめることなんてできないといった。それよりも、もしぼくたちがちゃんと敬意をはらえば、そのほうがなによりもありがたいことなんだという。

それでぼくたちは、やり方を教えてもらえればそうすると約束した。まずは話しかけるときにお辞儀をして、「閣下」とか「殿下」とか「殿」とか呼ばなくちゃいけないんだそうだ。「ブリッジウォーター」とだけ呼んでもよくて、これは名前じゃなくて称号だからということだ。それから、ぼくかジムのどっちかが、食事のときにそばにいて、いわれたことをなんでもしなくちゃいけないんだそうだ。

そんなのかんたんなことなので、いわれる通りにした。食事のあいだじゅう、ジムがそばに突っ立っていて、「閣下、これをお食べになりますか？　あちらはどうですか？」なんていうと、すごくうれしそうになるのは、だれの目にもはっきりわかっただろう。

けれど、じいさんのほうはだんだん口数が少なくなって、ほとんどなにもいわなくなった。それに、ぼくたちが公爵をちやほやしているのが、すごく気に食わないみたいだったし、なにか考えがあるみたいだった。とうとう、その日の午後になってじいさんがいった。

「おい、そこのビルジウォーターとやら。あんたの身の上はたいそう気の毒だとは思うよ。だがな、そんなつらい目にあってるのはあんただけじゃないんだぞ」

「そうですか？」

「ああ、そうだとも。高いところから理不尽にひきずりおろされたのは、あんたひとりじゃないんだよ」

「なんとまあ！」

「そうだとも、出生の秘密を持ってるのは、あんたひとりじゃないんだ」そういうと、今度はじいさんが泣きはじめた。

「これはまた、どういうことなのです？」

「ビルジウォーターよ、あんたを信用していいかな？」じいさんはすすり泣いていった。

「命にかけて！」そういうと、じいさんの手をとってぎゅっとにぎった。「あなたの出生の秘密とは？　さあ話して！」

「ビルジウォーター、わしはな前フランス皇太子なのだ！」

ジムもぼくも、今度はまじまじと見つめた。そこで公爵がいう。

「あなたはなんなのですって？」

「ああ、わが友よ。これはまぎれもない真実なのだ。いまこの瞬間、あんたの目が見ているものは、あわれな行方知れずのフランス皇太子、ルーイー十六世とマッリー・アントネットの息子ルーイー十七世なのだ」

「あなたが！　そのお年で！　まさか！　故シャルルマーニュ大帝のまちがいなので

は？　なんといってもあなたは、すくなくとも六百歳から七百歳に見えますからね」

「苦労のせいだよ、ビルジウォーター。苦労のせいなんだ。白いひげもうすくなった頭もな。そうなのだよ、紳士諸君。ブルージーンズをはいた、このみじめな男は、さすらいの追放者、しいたげられ苦しみもがく正統なフランス王なのだ」

そういってじいさんは泣きつづけた。ぼくとジムはどうしたらいいのかさっぱりわからない。すごく気の毒だと思うし、そんなりっぱな人となかまになれてうれしかったし誇らしかった。それで、公爵にもしたようにふたりでなぐさめにかかった。でも、そんなことをしてもむだで、じいさんにできるのは死んでけりをつけることぐらいだという。でも、ちゃんと王様あつかいされれば、すこしは気が楽になるかもしれないともいった。それは話しかけるときにはひざまずいて、いつも

「陛下」と呼ぶことや、食事のときには最初に給仕して、いいといわれるまではすわらないで立っているなんてことだ。

それで、ジムとぼくはちゃんと王様あつかいして、あれやこれやいわれる通りにしたり、すわっていいといわれるまで突っ立っていたりした。王様はおかげですっかりきげんがよくなって、陽気で居心地よさそうになった。でも、そうなると今度は公爵がおもしろくないみたいで、成り行きに不満一杯みたいに見えた。ただ、王様はとても親しげに公爵に接して、公爵のひいじいさんやビルジウォーター公爵の家族はみんな王様のお父さんに気にいられていて、宮殿にもしょっちゅう招待されていたんだといった。それでも、公爵がずっとむくれたままなので、とうとう王様はいった。

「わしらはこの先、いやでもうんざりするほどこの筏でいっしょに暮らさにゃならんだろう。なあビルジウォーター、そんなに不きげんな顔をしててもなんの役にも立たないぞ。ますます居心地が悪くなるばっかりだ。わしが公爵に生まれなかったのはわしのせいじゃないし、あんたが王様に生まれなかったのもあんたのせいじゃない。ならばくよくよしてなんになる？　おかれた場所で最善をつくすってのがわしのモットーだ。わしらがここででくわしたのも運がよかったのさ。食い物はたっぷりあるし、気楽な暮らしだ。さあ、握手をしよう。みんなで仲良くやろうじゃないか」
公爵は王様の手をにぎった。ジムとぼくはそれを見てすごくうれしかった。これで居心地の悪さもなくなってひと安心だ。筏の上で仲たがいするなんていやなものだ。筏の上でなにより大切なのは、みんなが満足していて、ほかの人には正直で親切でいることなんだから。

　このふたりの嘘つきが王様でも公爵でもないってことがわかるまで、たいして時間はかからなかった。ふたりはただのいやしい詐欺師でペテン師だった。でも、ぼくはそんなことひとこともいわなかったし、顔にもださなかった。ただ胸のなかにしまっておくだけだ。それがいちばんなんだ。そうすれば、けんかも起こらないし、やっかいごともない。王様や公爵って呼んでほしいっていうなら、その通りにするだけだ。この家族が平和でいられるかぎりは。それに、ほんとうのことをジムにいう必要もない。だからいわなかった。父ちゃんから学んだことなんてなにひとつなかったと思うけど、とうちゃんと似たような連中とつきあうには、好きにやらせておくのがいちばんだってことだけは教わった。

ふたりはやかましいぐらいにつぎつぎと質問をしてきた。昼のあいだ、筏を動かさないでかくしている理由が知りたかったんだな。

「ジムは逃亡奴隷なんじゃないのか？」とまできかれて、ぼくは答えた。

「まさか、ちがいますよ。逃亡奴隷が南にむかってにげたりしますか？」

それでふたりも納得した。ぼくはなんとかうまいいいわけをしようとつづけた。

「ぼくが生まれたのはミズーリ州のパイク郡で、家族とそこに住んでたんだけど、ぼくと父ちゃん、弟のアイク以外はみんな死んじゃったんです。それで、父ちゃんは、その家をひきはらってニューオーリンズから七十キロほど下った川辺に小さな土地を持ってるベンおじさんの世話になろうって考えたんです。父ちゃんはすごく貧乏だったし、借金まであったから、そのかたをつけたら手元には十六ドルと奴隷のジムしかのこらなかったんです。それっぽちの金じゃ、いちばん安い席だろうがなんだろうが、とてもじゃないけど二千キロ分の船賃になんて足りやしない。ところが、川が増水したときに、父ちゃんに運がむいてきました。この筏を見つけたんです。それで、ニューオーリンズまでこれに乗って下っていこうってことになりました。でも、父ちゃんの運は長つづきしなかった。ある夜、蒸気船が筏の舳先にぶつかってきたんです。ぼくたちは川にとびこんで蒸気船の外輪の下までもぐったんだけど、助かったのはぼくとジムだけでした。父ちゃんは酔っぱらってたし、アイクはまだ四歳だったから、そのまま浮かび上がってこなかったんです。そのあと一日、二日はめんどうつづきでした。だれかがボートでやってきてはジムをつれていこうとするんです。逃亡奴隷にちがいないっていって。それで、ぼくたちは昼間は動かないことにしたんですよ。夜ならだいじょうぶだから」

公爵はいった。

「昼間でも筏を動かせる方法を考えてみよう。じっくり考えて、なんとかいい案をひねりだしてみせようじゃないか。まあ、きょうのところはやめておくが。あの町を昼間に通りすぎるのは安全とはいえないからな」

夜が近づくと、急に暗くなってきて雨になりそうな気配だった。あちこちの空の低いところで、音はしないけど雷が光って、草木がざわざわとさわぎだした。ひどい天気になりそうなのはまちがいない。そこで、公爵と王様が、寝床はどんなぐあいなのかと筏の上の小屋のなかを調べはじめた。ぼくの寝床は藁ぶとんで、ジムのトウモロコシ皮をつめたふとんよりはましだ。トウモロコシぶとんにはよく穂軸がまじっていて、ごつごつして痛いんだ。それに、寝返りを打つと枯葉の山の上でころがったみたいにガサガサ音がして目がさめてしまう。公爵がぼくのふとんを使うといいだすと、王様が反対した。

「身分のちがいを考えたら、わしがトウモロコシぶとんに寝るなどありえんだろう。閣下がみずからそっちを選ぶべきだな」

ジムとぼくはしばらくハラハラした。またふたりのあいだにもめごとが起こりそうだからだ。なので、公爵がこういったときにはとてもほっとした。

「常に弾圧の鉄のかかとに踏みにじられ、泥にまみれるのがわが運命。かつては高みにあったわが魂も不運に打ち砕かれた。いいでしょう、これがわたしの運命なのだ。わたしはこの世界にただひとり、この苦しみに耐えてみせようではありませんか」

ぼくたちはとっぷり暗くなるとすぐに筏をだした。王様からは岸からはなれて川のまんなかを進むように、町を通りすぎてかなり下るまでは明かりをつけないように、といわれた。そのうち、ちらほらと明かりが見えてきた。それが町だった。ぼくたちはなにごともなく一キロほど下った。さらに数百メートルほど下ったところで、信号用のランタンを掲げた。十時ごろ、雨が降りはじめ、風が強まり、稲妻が光り、雷鳴がとどろいた。王様はぼくとジムとで、天気がよくなるまでしっかり見張れといいのこして、公爵といっしょに小屋にもぐりこんでしまった。

十二時までの見張り当番はジムだったけど、もし寝床があったとしても、見張りを休むつもりはなかった。こんなにすさまじい嵐は、そうめったに見られるもんじゃない。風の吠えるその音のすごいことといったら！　一、二秒の間隔で稲妻が光って、一キロ四方の波頭をいっせいに照らしだし、雨にけぶる島々や風にゆさぶられる木やなんかまで見えるんだ。そして、ビシッ！　ドーン！　ドーン！　ゴロゴロ、ゴロゴロって、雷がとどろきわたる。一瞬、やんだかと思うとまたピカッと光って、ドカーンと落ちる。ときどき、波にさらわれそうになるけど、服を着ていないからへっちゃらだ。沈み木のことも心配ない。稲光がひっきりなしにまわりを明るく照らしているから、どこに木があるかずっと前から気づけるし、筏の舳先を動かしてよける時間がたっぷりあるからだ。

　十二時からはぼくの見張り当番だったけれど、そのころにはすっかり眠くなっていた。それで、ジムが最初の半分は代わってやるからといってくれた。ジムはそんなふうにいつだってすごく親切なんだ。ぼくが小屋にもぐりこむと、王様と公爵が手足をいっぱいに広げているので、横になる場所がぜんぜんなかった。それで小屋の外で寝ることにした。あたたかかったから雨は気にならないし、波もおさまっていた。

　ところが、二時ごろになって、また波が高くなってきた。ジムはぼくを起こそうとしたけど、なにかあぶない目にあうほどではないだろうと考えてやめにした。でも、それがまちがいだった。というのも、その直後にいきなり大波におそわれて、ぼくは筏から洗い流されてしまったんだ。それでジムは笑い死にしそうなぐらい笑った。ジムほどの笑い上戸はいないだろうと思う。

　ぼくが見張りに立つと、ジムは寝ころんだかと思ったらすぐにいびきをかきはじめた。そのうち、嵐もすっかりおさまってしまった。最初の小屋の明かりを見つけたので、ジムを起こして筏をその日のかくし場所にすべりこませた。

朝ごはんのあと、王様が古ぼけたトランプをとりだして、公爵とセブンアップをはじめた。一ゲームに五セント賭けている。それに飽きると、ふたりは「作戦会議」をはじめた。公爵は自分の旅行カバンからなにやら印刷してある小さなチラシをたくさんひっぱりだして、大声で読みはじめた。あるチラシには「高名なるパリのアルマン・ド・モンタルバン博士による骨相学の講演」がどこそこでおこなわれて、入場料は十セントと書かれていた。日付けは空欄になっている。そして、「性格一覧表は二十五セント」とも。公爵がいうには、その博士っていうのは自分のことなんだそうだ。

ほかのチラシでは「世界的に有名なシェークスピア悲劇役者、ロンドンのドルリー・レーン王立劇場のギャリック二世」だ。そのほかにもいろいろな名前でさまざまなすばらしい人間になりすましたチラシがたくさんあった。たとえば、「聖なる竿」で水や黄金を見つける人、「魔女の呪い祓い」やなんかだ。公爵はさらにつづけた。

「だが、なんといってもすばらしいのは演劇の神だよ。陛下は舞台を踏んだことはおありかな？」

「いいや」王様が答える。

「それでは、三日もたたぬうちに踏ませてしんぜよう、落ちぶれし王殿」公爵がいった。「この先、最初に着いた町でホールを借りて、『リチャード三世』の剣劇と『ロミオとジュリエット』のバルコニーのシーンを演じるというのはいかがかな？」

「金になることなら、なんでも精一杯つきあうさ。だがわしは芝居についてはなんにも知らないんだ。ほとんど見たこともないしな。父君が宮殿で劇をやらせたときには、まだ幼すぎたんでね。わしにしこめると思うかね？」

「たやすいこと！」

「なら、いいだろう。新しいことをやるのはわくわくするからな。それじゃあ、さっそくはじめようじゃないか」

こうして、公爵は王様にロミオというのがだれで、ジュリエットがだれなのかを教え、自分はいつもロミオ役だったので、王様にはジュリエットをやってもらうといった。

「だが、ジュリエットっていうのは若い娘なんだろ。このはげ頭と白いひげはどうみてもおかしいんじゃないのかね？」

「いいや、心配めされるな。田舎者どもは気にもしないでしょう。それに衣装を着れば、まったくちがってきますからね。さてと、ジュリエットはバルコニーにいて、眠る前のひととき、月光を浴びてうっとりしています。ネグリジェにひだ飾りのついたナイトキャップという姿でね。ほら、ここにその場面の衣装があります」

公爵はカーテン用のキャラコ生地で作った服を二、三着とりだした。公爵によると、それはリチャード三世とそのなかま用の中世の鎧なんだそうだ。それから、丈の長い白いネグリジェと、それとおそろいのひだ飾りのついたナイトキャップをだした。王様はそれを見て納得したみたいだ。公爵は台本もだして、そこの場面をやたら大げさな口ぶりで読みはじめた。あちこちとびはねながら、お芝居つきのお手本だ。それから、その台本を王様にわたすと、自分のセリフを暗記するようにいった。

川が大きく曲がったところから五キロほど下ったところに、ちっぽけな町があった。昼ごはんのあと、昼間でもジムをあぶない目にあわせずに筏を進める方法を思いついたからといって、

公爵はその準備をしにその町にいくといいだした。王様もいっしょにいって、なにかいいものが見つからないかさがすという。ちょうどコーヒーが切れていたので、ジムがぼくもふたりといっしょにカヌーでいって、すこし手にいれてきたらいいといった。

その町に着いてみると、ひとっこひとり見かけない。まるで日曜みたいに死んだように静かだ。裏庭でひなたぼっこをしている病気の黒人を見つけてたずねると、小さな子どもや病人、動けないような年より以外は、全員三キロほど森の奥でやっている野外伝道集会にいってしまったという。王様は場所をききだすと、その集会にいって有り金全部巻き上げてくると息巻いた。ぼくにもいっしょにこいという。

公爵がさがしていたのは印刷所で、すぐに見つけた。思ったよりも小さくて、大工の店の二階にあった。大工も印刷工もみんな集会にいっていたけど、鍵はかかっていなかった。きたなくてちらかった、インクのしみだらけの印刷所だ。馬と逃亡奴隷の絵が描かれたチラシが壁じゅうに貼ってあった。公爵はコートをぬぐと、これでよしといった。それでぼくと王様は集会の会場にむけていそいで出発した。

会場までは三十分ほどかかった。すごく暑い日だったので、汗だくになってしまった。そこには周囲三十キロほどから集まった人たちが千人もいた。森のあちこちに荷馬車がとめてあって、馬たちが荷馬車に積まれた飼葉を食べたり、ハエを追いはらうために足踏みしたりしていた。棒を立てて木の枝で屋根をふいた小屋がたくさんあって、レモネードだのジンジャーブレッドだのを売っている。スイカやトウモロコシなんかも山積みだ。

説教がおこなわれているのも似たような小屋だけど、もっとずっと大きくて、たくさんあって、それぞれにたくさんの人が集まっていた。ベンチは丸太の外側を切り落とした板

でできていて、丸い部分に穴をあけて脚になる棒をつっこんであった。背もたれはない。伝道師は小屋のはしの高い演台の上に立っている。女の人たちは日よけのボンネットをかぶっている。目の粗い安物のドレスの人もいればギンガムの服の人もいるし、若い人のなかにはキャラコを着ている人もいた。若い男の人のなかには裸足の人もいるし、安い麻のシャツ一枚だけしか着て

いない子どももいた。編み物をしているおばあさんたちもいるし、かげでこそこそいちゃついてる若者もいる。

ぼくたちが最初にいった小屋では、伝道師が大声で讃美歌をうたっていた。伝道師がまずふた節うたって、みんながそれにつづいてうたう。きいているとなんだかとてもおごそかな気分になった。とにかくたくさんの人がいるし、みんながみんな感極まったみたいなうたい方をするからだ。そのあと、また伝道師がふた節うたって、一同がそれにつづく。うたっているうちに、みんなどんどん気分が高まってきて、声も大きくなる。最後のほうになると、うめき声をあげる人や叫びだす人までいるほどだ。それから、伝道師の説教がはじまる。はじめっから熱っぽい説教だ。演台のはしからはしへと動きまわったり、体を前にたおしたりしているし、手も体もすこしもじっとしていない。そして、ひとことひとこと精一杯の大声をはり上げる。ときどき、聖書を高く掲げてひらくと、右に左に見せながら叫ぶ。

「これぞ荒野の青銅のヘビなるぞ！　仰ぎ見て生きよ！」

すると、人々は大声で「栄えあれ！　アーメン！」と叫ぶ。伝道師はさらにつづけて、一同はうめいたり、泣きだしたり、アーメンといったりした。

「さあ、懺悔の席へくるがよい！　黒くよごれた罪びとよ！（アーメン！）さあ、くるがよい、病いに苦しむものよ！（アーメン！）さあ、くるがよい、足が動かぬもの、目が見えぬものよ！（アーメン！）さあ、くるがよい、疲れ果て、堕落し、あえぐものよ！　さあ、くるがよい、砕かれた魂と悔いにさいなまれる魂よ！　ぼろと罪と穢れを身にまとうものどもよ！　清めの水はただで与えられ、天国の扉はひらかれている！　さあ、なかへと進み、安らぐがよい！（アーメン！　栄えあれ、栄えあれ！　ハレルヤ！）」

と、こんなあんばいだ。この先、伝道師がなにを話しているのかはさっぱりわからなかった。叫び声や泣きわめく声がうるさすぎるからだ。群衆のあちこちで立ち上がる人がいて、涙をぼろぼろこぼしながら、われ先にと懺悔の席へとむかっていく。懺悔の席にたどり着いた人たちは、みんなうたったり、叫んだり、藁のなかに身を投げだしたりと、頭がおかしくなったみたいに興奮している。

ところが、ぼくが気づかないうちに王様は仕事にとりかかっていた。大さわぎのなかで王様の声がひときわ高くきこえてきたんだ。演台にかけあがった王様は、伝道師にみんなにむかって話すようにいわれている。王様はいわれた通り話しはじめた。

「わしは三十年ものあいだインド洋であばれた海賊であります。去年の春になって、戦いのなかでなかまたちが続々と死んでしまったので、こうやって故郷(こきょう)にもどって、新しいなかまを集めにまいりました。なのに、きのうの夜、追いはぎにおそわれ、一セントも持たずに蒸気船(じょうきせん)からおろされて、いま、この川岸に立っているのであります。

でも、そのことをすごくうれしく思っておりますし、これまでに自分の身に起こったことのなかでもいちばんありがたいことだとも思っております。というのも、おかげでこうして生まれ変わって、生まれてはじめての幸せな気分になったからであります。このように貧(まず)しい身ながら、これからすぐにでも、なんとかしてインド洋まで舞(ま)いもどって、海賊(かいぞく)たちをまっとうな道にひきもどすことにのこりの生涯(しょうがい)を賭(か)けるつもりです。インド洋にいる海賊ならすべて知っているので、自分ほどその仕事にふさわしいものはなく、お金がなくては、もどるにはすごく時間がかかってしまうでしょうが、そこはなんとして

もたどり着いて、海賊をひとり改心させるたびにこういいましょう。『わしに礼をいうことはない。わしにはなにも恩を感じる必要はないんだ。なにもかも、ポークビルの伝道集会に集まった心優しい兄弟たち、人類の恩人たちのおかげなんだから。そして、もうひとり、海賊の真の友である伝道師様のおかげなのだ！』と」

そのあと、王様が涙をぼろぼろこぼしはじめたので、そこにいた一同も泣きはじめた。そのとき、だれかが大きな声で叫んだ。「このお方のために寄付をしようじゃありませんか。お金を集めましょう！」すると、五、六人がすぐにその声に応じて立ち上がる。でもそこでほかのだれかが叫んだ。「帽子を持ってまわってもらいましょう！」ほかの人たちも口々に賛成している。伝道師もだ。

それで、王様は帽子を手に、涙をぬぐいながら人々のなかを歩きまわった。遠くはなれたあわれな海賊のためにこんなに親切にしていただいて、と人々をほめたたえ、お礼をいいながらだ。そのすぐあとに、涙で頬をぬらしたすごくかわいい女の子たちが近よってきて、あなたを忘れないためにキスをしていいかとたずねた。そのたびに王様はキスをさせて、ときには五、六回もぎゅっと抱きしめたりキスしたりした。それから、あちこちで一週間ほどわが家に泊まってくださいと招待されていた。だれもが自分の家にきてもらえればそれが名誉なことだと思ってるみたいだ。でも、王様はきょうが集会の最終日だからこれ以上居のこってもしょうがないし、一刻も早くインド洋にもどって、海賊たちを改心させたいからといってことわった。

筏にもどってから、集めたお金を数えたら、なんと八十七ドル七十五セントにもなっていた。その上、ウィスキーの大瓶まで一本くすねてきていた。森をぬけて筏にもどるとちゅう、荷馬車の下で見つけた瓶だ。王様がいうには、伝道集会がらみで稼いだ金額としてはこれまでで最高なんだそうだ。伝道集会で稼ぐなら海賊がいちばんで、異教徒を改心させるなんていってもぜんぜん効き目はないらしい。

王様がさんざん自慢するまでは、公爵は公爵で、ずいぶんうまくやったと思っていたようだ。でも、王様の話をきいたあとではそうもいかない。公爵はあの印刷所で農民相手の小さな仕事をふたつばかりやってきていた。馬のチラシを刷ってその代金四ドルを受けとったんだ。それから、十ドルする新聞広告を前払いなら四ドルにまけるといってそのお金も受けとってきた。新聞代は一年で二ドルのところを、やっぱり前払いを条件に半ドルで三件の予約金をとってきた。農民たちはいつものようにお金の代わりに薪だのタマネギだのではらおうとしたけれど、つい最近この会社を有り金全部つぎこんで買ったばかりなので、現金払いにしてもらいたいといったんだそうだ。

それから、自分の頭からひねりだした短い詩を、いつでも印刷できるように活字に組み上げて、その手間賃は請求しないで、お礼代わりにおいてきたという。「そうだ、砕くがいい、冷たい世界よ、このこわれたハートを」というタイトルの、あまくて悲しげな詩なんだそうだ。こうして、公爵は九ドル半稼いできたわけだけど、一日の稼ぎとしてはかなりいいほうらしい。

公爵はさらに、印刷したけど請求はしなかったもうひとつの小さな仕事を見せてくれた。請求しなかったのは自分たちが使うためのものだからだ。それは荷物をくくりつけた棒をかついだ逃亡奴隷の絵がついたチラシで、絵の下には「賞金二百ドル」と書かれていた。添えられた文章はなにもかもがジムにあてはまるものだった。それによると、ニューオーリンズから六十キロほ

ど下ったところにあるセント・ジャック農園から去年の冬ににげだした奴隷で、おそらく北をめざしているということだ。その奴隷をつかまえてつれ帰ったものには、賞金と交通費を支払うと書かれていた。

「さてと」公爵がいう。「これできょうからは昼間でも筏を進めることができるというわけです。だれかが近づいてきたら、ジムの手足をロープでしばって、小屋にころがし、このチラシを見せていえばいい。川の上流でこいつをつかまえたんですが、貧乏で蒸気船に乗る金はないので、このちっぽけな筏を友人から借りて賞金をもらいにいくところなんです、とね。手錠と鎖ならもっとそれらしく見えるんでしょうが、それじゃあ、貧乏だって話とつじつまがあわなくなりますからね。宝石をつけてるみたいでやりすぎだ。ロープこそがふさわしい。舞台の上とおなじで、『それらしさ』が大切なんですよ」

ぼくたちはみんなで公爵は賢いとほめたたえた。これで、昼間に移動してもなんの心配もなくなったわけだ。あの小さな町の印刷所で公爵がやったことで巻き起こるはずのさわぎからは、今晩のうちに手のとどかないところまでいけるだろう。そのあとは、朝になっても進みたければそのまま進めばいい。

ぼくたちはじっと静かにかくれていて、十時すぎまで筏を出発させなかった。川にでても町からずっとはなれたところを進み、町がすっかり見えなくなるまで信号用のランタンも掲げなかった。

朝の四時になって見張りを交代するためにぼくを起こしたジムはこうたずねた。

「なあハック、おれたち、この先もほかの王様にであったりすると思うかい？」

「いいや、思わないよ」

「ああ、ならよかった。王様もひとりふたりならまだいいんだが、それで十分だ。ここの王様はとんでもない酔っ払いだし、公爵もたいしてちがわないからな」

以前、ジムが王様にむかってフランス語をしゃべってみてくれといっているのをきいたことがある。それがどんなもんかきいてみたいんだといって。でも、王様はこの国にきてもうずいぶんたつし、苦労つづきだから忘れてしまったといっていた。

21

日がのぼっても、ぼくたちは筏をつながずに進みつづけていた。そのうち、王様と公爵が起きてきたけれど、ふたりともえらくしょぼくれて見えた。でも川にとびこんでひと泳ぎしてきたらずいぶん元気になった。朝ごはんのあと、王様はブーツをぬいでズボンのすそを巻き上げると、川の水に足をつけた。気持ちよさそうにパイプに火をつけ、ロミオとジュリエットのセリフを暗記しはじめる。すっかり覚えてしまうと、公爵とふたりで練習をはじめた。公爵はセリフのいい方をいちいち教えなくてはならなかった。ため息をつか

せたり、心臓に手をあてさせたりもした。しばらくすると、ずいぶんうまくなったといってつづけた。

「ただし、そんなふうに牛みたいに『ロミオ!』とどなるのだけはやめてください。そっと、病みやつれたように、ロー、ミ、オーといったぐあいにです。ジュリエットはかわいらしい乙女なんだから。ジュリエットはロバみたいにいなないたりしないのです」

つぎにふたりは、公爵がオークの板で作った長い剣を使って剣劇の練習をはじめた。公爵は自分はリチャード三世だと名乗っている。ふたりが筏の上でとんだりはねたりしながら打ちあうところはなかなかの見ものだった。でも、やがて王様はつまずいて筏から落ちてしまったので休憩時間になった。ふたりは川沿いのあちこちで繰り広げてきた冒険をそれぞれに語りつづけた。

昼ごはんのあと公爵がいった。

「なあ王様、ふたりでこれを最上級の舞台にしたいから、もうすこしつけたしたいと思うんですがね。どっちみち、アンコールに答えなければならないだろうし」

「アンコールってのはなんだい、ビルジウォーター?」

公爵は説明してつづけた。

「わたしはスコットランドのダンスか船乗りのダンスでもと思ってますが、あなたは、そうだな、わかったぞ、あなたはハムレットの独白をやればいい」

「ハムレットのなんだって？」

「ハムレットの独白シーンですよ。シェークスピア劇のなかでもいちばん有名なやつです。なんといってもこれが最高、最高なんです！　いつだって観客をわしづかみです。台本はこれ一冊きりだし、この台本にはのっていませんが、記憶をつなぎあわせてなんとかなるでしょう。わたしの記憶の金庫からひっぱりだせるかどうか、しばらく歩きまわらせてもらいますよ」

そういって、公爵は考えこみながら筏の上をいったりきたりしはじめた。ときどきものすごいしかめっつらをしたかと思えば、眉毛を山なりにしたり、額に手をぎゅっとおしつけてよろよろとあとずさりしたり、うめき声をあげたりした。ため息をついたあとには、涙までこぼしはじめた。そんな公爵のようすを見ているのはおもしろかった。

ついに公爵は思い出した。ぼくたちに注意深くきくように、という。それから、とても堂々とした姿勢になった。片足を前にだし、両手を高く上にのばし、頭をそらして空を見上げる。それから、ののしり、わめき、歯ぎしりをする。そのあとは、セリフをいっているあいだじゅう、吠えたて、両手を広げ、胸をふくらませていた。これまでにぼくが見たどんな芝居も吹きとんでしまった。これがそのセリフだ。公爵が王様に教えているあいだに、ぼくもやすやすと覚えてしまったんだ。

生きるべきか、死ぬべきか、それが裸の短剣だ。
それが、この長い命を不幸にするのだ。
バーナムの森がダンシネーンにやってくるまで、だれがその重荷に耐えられるだろう
死のあとの恐怖が
大自然が与えた第二の恵みである
無邪気な眠りを殺し、
知らない場所へとび去るよりは
残酷な未来の矢をわれらに放たさせるのでなければ。

その思いに、われらは立ちすくむ。
さあ、ダンカンを叩(たた)き起(お)こせ！　あなたのその手で。
さもなければ、だれが耐(た)えられるだろう
鞭(むち)とあざけりに、暴君(ぼうくん)の不正に、
おごるものの無礼(ぶれい)に、裁判(さいばん)のおくれに、
そして、いつものおごそかな黒衣(こくい)を身にまとった
教会墓地(ぼち)が口をあける荒涼(こうりょう)たる深夜に、
心痛(しんつう)が与(あた)えるとどめの一撃(いちげき)に。
しかし、ひとりの旅人ももどってこない見知らぬ国が、
世界にむかって毒気(どくけ)をふきかけ、
はじめの決意の色あいも、ことわざにあるあわれな猫(ねこ)のように
気苦労で青白く成り果て、
屋敷(やしき)の上に低くたれこめる雲も
そのせいで流れる先をそれてしまい
いき場を失ってしまう。

それこそが、心底願った終末ではないか。
しかし、待て、美しいオフィーリアよ
あなたの重い大理石の口をとじたまま
尼寺へいけ、尼寺へ！

王様はこのセリフが気にいって、あっというまに覚えてしまい、すごく上手にいえるようになった。まるで、このセリフをいうために生まれてきたみたいだし、慣れて気持ちが乗ってくると、大声をだしたりはげしく動いたり、とび上がったりして、それはそれはすばらしかった。

公爵は印刷所を見つけると、さっそくチラシを刷った。そのあとの二、三日、川を下る筏の上はこれまでになかったぐらい活気づいた。なにしろ、剣劇の練習や、公爵がいう「リハーサル」ばかりやってるんだから。

ある朝、アーカンソー州にはいってかなり下った、川が大きく曲がるところに小さな町が見えてきた。それで、ぼくたちは筏を町から一キロほど川上につないだ。小川の入り口が糸杉のトンネルみたいになっていて、人目につく心配はないところだ。ぼくたちはジムをのこしてカヌーで町まででかけ、そこで芝居ができそうかどうか偵察した。
ものすごく運がいいことに、ちょうどその日の午後、サーカスが公演することになっていて、まわりの田舎の人たちが、古ぼけた馬車や馬で、ぞくぞくと集まってくるところだった。サーカスは夜になる前にいなくなる。芝居をやるには絶好のチャンスだ。公爵が町役場を借りて、ぼくたちみんなで、そのまわりにチラシをベタベタ貼った。こんなチラシだ。

シェークスピア劇の再上演!!!
すばらしい芝居!
本日一夜かぎり!
世界的名悲劇役者
ロンドン、ドルリー・レーン王立劇場専属のギャリック二世
ならびに
ロンドン、ピカデリーのプディング・レーン、ホワイトチャペルのロイヤル・ヘイマーケット劇場および、

王立大陸諸劇場専属、初代エドマンド・キーンによる

崇高なるシェークスピア劇、

『ロミオとジュリエット』のバルコニーのシーン!!!

ロミオ……………………ギャリック氏

ジュリエット……………キーン氏

助演……………一座総出演

衣装、大道具、小道具………すべて初お披露目!

さらに

『リチャード三世』の迫力満点、血も凍る大剣劇シーン!!!

リチャード三世…………………ギャリック氏

リッチモンド…………………キーン氏

さらにさらに、特別なリクエストにおこたえして
パリにて、三百夜連続公演を果たした
高名なるキーン氏による
『ハムレット』の不滅の独白シーンを‼

ヨーロッパでの契約により、やむをえず
本日一夜かぎり！
入場料二十五セント、子どもと使用人十セント

そのあと、ぼくたちは町をぶらついた。店も家も、ほとんどが古ぼけていて、ペンキを塗ったこともないのか、ひからびているようだった。川が氾濫しても水につからないように、どの家も一メートルほどの脚柱の上にのっている。家のまわりには小さな庭があるけれど、そこに生えているのはせいぜいがアサガオかヒマワリで、灰の山や履き古したブー

ツや靴(くつ)、瓶(びん)のかけらだのぼろきれだの、使い古しのブリキ製品(せいひん)だのがころがっている。柵(さく)の板の種類はばらばらで、ちがう時期に打ちつけられたせいか、あっちこっちにかたむいているし、門の蝶番(ちょうつがい)もだいたいがひとつしかついていない。しかも革(かわ)の蝶番だ。白い漆喰(しっくい)を塗った柵もあるにはあるけれど、塗られた時期はばらばらのようだ。公爵(こうしゃく)はきっとコロンブスの時代ぐらい古いぞという。ほとんどの庭にブタがはいりこんでいて、住人が追い立てていた。

　店は全部、一本の道に面している。どの店も白い布(ぬの)の日よけテントをはりだしていて、集まってきた人たちはテントの柱に馬をつないでいた。その日よけテントの下には空き箱が置いてあって、ひまをもてあましたごろつき連中が一日じゅうその箱に腰(こし)かけて、箱をナイフで削(けず)ったり、噛(か)みタバコをくちゃくちゃ噛んだり、あくびをしたり、のびをしたりしていた。まったくどうしようもない連中だ。その連中は、たいてい傘(かさ)ぐらいつばの広い麦藁帽子(むぎわらぼうし)をかぶっているけれど、上着もチョッキも着ていない。おたがいにビルだのバックだのハンクだのジョーだのアンディだのと呼(よ)びあっていて、のろのろとどうでもいい話をしていた。きたないことばもいっぱい使っている。

　そんな連中は、どの日よけテントの柱にもかならずひとりはよりかかっているというぐ

らいたくさんいて、たいがいはズボンのポケットに手をつっこんでいた。ポケットから手をだすのは、嚙みタバコを貸したり、体をかいたりするときだけだ。そのごろつきの会話といったらどれも似たようなものだった。

「おい、ハンク、嚙みタバコをくれよ」とか、「だめだな、あと一回分しかのこってないからな、ビルにでもたのんでみろよ」とかいったぐあいだ。

ビルは分けてくれるかもしれないし、ぜんぜんのこってないから無理だと嘘をつくかもしれない。こうした連中のなかにはお金なんか一銭も持っていないし、嚙みタバコだってぜんぜん持っていないものもいる。そうした連中はいつも人から嚙みタバコを借りるんだ。

「なあ、ジャック、嚙みタバコを貸してくれよ。おれはちょうど最後の分をベン・トンプソンに貸しちまったところなんだ」そんなことをいうけれど、ほとんどいつだってそんなのは嘘っぱちで、だまされるのはよそものだけだ。でも、ジャックはよそものじゃないからこう答える。

「あいつに嚙みタバコをくれてやったってのか？　おまえの妹のネコのばあさんも、嚙みタバコをくれてやったんだろうさ。その前に、これまでおまえに貸した嚙みタバコを返せってんだ、レーフ・バックナーよ。そうすりゃ、一トンでも二トンでも貸してやるよ。」

利子はとらずにな」

「前にいっぺん返したじゃないか」

「ああ、たしかに六回分ばかりな。だが、おれが貸したのは店で買った上物だったのに、おまえが返したのはクズタバコだったじゃないか」

店で売ってるのは平たい黒い棒みたいな嚙みタバコなんだけど、こんな連中が嚙んでるのは、たいていが自然の葉っぱをねじっただけのものなんだ。タバコを借りるときは、ナイフで半分に切ったりしないで、歯で嚙んでちぎれるまで手でひっぱる。貸した側にもどってきたのが短いほうだったりすると、悲しそうに見つめて、皮肉たっぷりにいったりする。

「なあ、そっちをよこせよ。おまえは半端でいいだろ」

この町の通りはどこもかしこも泥でぬかるんでいた。タールみたいにまっ黒な泥で、深いところだと三十センチにもなるし、ほかのところも五センチから八センチはあった。ブタはブウブウ鳴きながら町じゅううろつきまわっている。泥だらけの母ブタが、子ブタどもをひきつれてのろのろとやってきて、道のまんなかに寝ころんだりするので、通行人はよけて通らなきゃならない。母ブタは長々と寝そべって、目をとじ、耳をパタパタ動かしながら子ブタにお乳を飲ませはじめる。その顔はまるで給料を受けとってるときみたいに幸せそうだ。でもそのすぐあと、ごろつきのだれかが大声で犬をけしかけるのがきこえてくる。


「さあ、いけ、タイガー！」

母ブタはキーキーとおそろしい声をあげながらにげていく。両方の耳に一匹か二匹、犬をぶらさげたまま。そのあとを何十匹もの犬が追いかけるものだから、ごろつき連中はみんな立ち上がって見えなくなるまで見物して、さも楽しそうにゲラゲラ笑ったりするんだ。そのあとは、どこかで犬のケンカでもはじまるまで、またすわりこむ。犬のケンカほど、ごろつき連中をしゃきっとさせて、楽しい気分にさせるものはない。野良犬に油をぶっかけて、火をつけるとか、しっぽにブリキの鍋をくくりつけて、死ぬまで走らせたりするとなるとまた話はべつだけど。

川沿いには土手の上に突きだした家が何軒かあった。お辞儀をするみたいにかたむいていて、いまにも川にころげ落ちてしまいそうだ。住んでいた人たちは、引っ越してしまっている。床下の土手がえぐれて、一角が宙ぶらりんになっているような家もあった。その家にはまだ人が住んでいるけれど、とってもあぶなっかしい。家一軒分ぐらいの土が、土手から一度にごっそり流されてしまうことだってあるんだから。ときには、奥行きが四百メートルもある土地がすこしずつえぐられて、ある夏、そのまま川にくずれ落ちてしまうなんてことだってあるんだ。そんな場所にある町は、川に浸食されてどんどん内陸へと後退していくしかない。

その日は、お昼に近づくにつれて、荷馬車や馬がどんどん通りに集まってきて、さらに増えつづけた。まわりの田舎からきた人たちは弁当を持ってきていて、荷馬車で食べていた。ウィスキーを飲んでる人もたくさんいて、ぼくはケンカを三つ見た。最初にまず、とつぜん大声がした。

「ボグズ様のおでましだ！　月に一度のお楽しみに、また飲みにやってきたぞ、みなのもの！」

　ごろつき連中はみんなうれしそうだ。きっと、いつもボグズをからかっておもしろがってるにちがいない。ひとりがいった。

「今度はだれをやっつけにきたんだか。もしボグズが、この二十年でやっつけるといったやつを全部やっつけてたら、いまごろ、ものすごい評判になってたろうがな」

　べつの人がいった。「ボグズじぃさん、おれを獲物にしてくれないもんかな。そうすりゃ、千年は死なずにすむぞ」

　馬に乗ったボグズが突進してくる。インジャンみたいにわめいたり、叫んだり大さわぎだ。

「道をあけろ！　さあ、戦争だ。棺桶の値段が上がるぞ」

ボグズは酔っぱらっていた。鞍の上でゆらゆらゆれている。五十歳は超えていて、顔はまっ赤だ。だれもがボグズにむかってどなり、笑い、からかっている。ボグズもいい返す。おまえらひとりひとり、順番にやっつけたいところだが、きょうはひまがないんだ。きょうはシャーバーン大佐を殺しにきたんだからなという。そして、「おれのモットーはまずは肉から。スープはあとまわしだ」なんていっている。

ボグズはぼくを見て近づいてきた。

「おい、ぼうず、どこからきた? 死ぬ準備はできてるか?」

そういうと、そのままいってしまった。ぼくはぞっとした。でも、だれかがいった。

「気にすることはないぞ。あいつは酔うといつもあんな調子だからな。アーカンソー州じゅうさがしたって、あんなに気のいいじいさんはいないさ。酔っていようとしらふだろうと、人を傷つけたことなんかいっぺんもないよ」

ボグズは町でいちばん大きな店の前までいくと、体を折り曲げて日よけテントのなかをのぞきこんでどなった。

「やい、でてきやがれ、シャーバーン! おまえがだました男に顔を見せろってんだ。にげようったってむだだからな、ぶっ殺してやる!」

ボグズはありとあらゆる悪口でシャーバーンをののしりつづけた。町じゅうの人が集まってきて、その悪口に大笑いだ。やがて、五十五歳ぐらいのいばった感じの人が店からでてきた。この町でいちばんしゃれたかっこうの服を着ている。集まった人たちは、その男のために道をあけた。男はボグズにむかって落ち着きはらった声でゆっくりといった。

「もううんざりだ。だが、一時まではがまんしよう。いいか、一時だぞ。そのあと、ひとことでもわたしを悪くいってみろ、すぐさま見つけだしてしまつしてやる」

それだけいうと、また店にはいっていった。まわりにいた人たちは、みな静まり返っている。みんな身じろぎひとつしないし、もう、だれも笑っていない。ボグズはあらんかぎりの声でシャーバーンをののしりながら遠ざかっていった。でも、すぐにまたもどってきて、店の前でまたどなりつづけた。何人かがまわりを囲んでだまらせようとしたけれどむだだった。だれかがあと五分で一時になるからもう家に帰れ、さあ、いますぐ帰れといってもだめだった。ボグズは力のかぎりののしりつづけ、帽子を泥のなかに放り投げると馬に踏ませた。それから、白髪をふり乱しながらすごいいきおいで馬を走らせた。だれもがなんとかしてボグズを馬からおろそうとした。馬からおろしてどこかにとじこめておけば、酔いもさめるだろうと思ったからだ。でも、やっぱりだめだった。ボグズはまた馬をとばしてシャーバーンをののしる。そのうち、だれかが叫んだ。

「やつの娘をつれてこい！　いそいで娘をつれてくるんだ。娘のいうことならきくかもしれないぞ。やつをなだめるとしたら、娘だ」

それで、だれかが走っていった。ぼくはボグズが消えたほうにむかってすこし歩いたけど、すぐに足を止めた。五分か十分ほどするとボグズがまた姿を見せた。でも、もう馬には乗っていない。千鳥足でこちらにむかってくる。帽子はかぶっていないし、両側に友だちがいて、ボグズの腕を抱えて急ぎ足だ。ボグズはだまっている。なんだか気分が悪そうだ。でも、ちっとも尻ごみするようすはなくて、自分で自分をせきたててるみたいだ。だれかが叫んだ。

「ボグズ！」

声がするほうに目をむけると、それはシャーバーン大佐だった。大佐は道のまんなかに静かに立っていた。右手にピストルを持っているけれど、銃身は空にむけている。そのとき、若い女の人が走ってくるのが見えた。男の人がふたり、いっしょに走ってくる。ボグズと支えていた友だちが、だれに呼ばれたのかとふり返った。ピストルが目にはいると、友だちは同時にぴょんととびのいた。銃身がゆっくりおりてきて、水平になったところで

ぴたりと止まった。二連発のピストルの撃鉄はどちらも起きていた。ボグズは両手をあげていった。「ああ神様、撃たないでくれ！」

バン！　一発目が鳴った。ボグズは宙をつかむようにしながらうしろによろけた。バン！　二発目だ。ボグズは両手を広げてうしろむきにドサッとたおれた。さっきの若い女の人が悲鳴をあげながらかけつけると、父親におおいかぶさって泣きながらいった。

「あの人が父さんを殺した！　あの人が父さんを殺した！」

まわりに人が集まってきて、肩をよせあうようにしながら首をのばしてなかをのぞきこもうとする。なかにいる人たちはなんとかおし返そうとして叫んでいる。「下がれ、下がるんだ！　空気だ！　風を送ってくれ！」

シャーバーン大佐はピストルを地面に放り投げると、くるっとまわれ右して歩き去った。ボグズは小さな薬屋につれていかれた。まわりじゅう、大勢の人がおしあいへしあいしている。そのうしろを町じゅうの人がついていく。ぼくは薬屋の窓にかけつけて、いい場所をとった。そこからだと、なかのようすがすぐ近くに見える。ボグズは床に寝かされて、頭の下に枕代わりの大きな聖書が置かれた。そして、もう一冊、ひらいた聖書が胸の上に置かれる。でも、その前にシャツがひきさかれた。胸にひとつ、銃弾のあとが見えた。ボグズは苦しそうに十回ほど長くて深い息をついた。息を吸うと胸の聖書が持ち上がって、息を吐くと沈む。そのあと、ボグズは動かなくなってしまった。死んでしまったんだ。まわりにいた人は、大声で泣き叫ぶ娘さんをひきはなして、どこかへつれていった。娘さんは十六歳ぐらいで、とてもかわいらしい、やさしそうな人だったけど、その顔はまっさおでおびえきっていた。

そのころには薬屋のまわりには町じゅうの人がいて、大さわぎになっていた。窓からのぞきこもうと、先にいる人をおしたりひいたりしても、だれも場所をゆずろうとしないもんだから、うしろからしょっちゅう声がかかる。「おい、おまえらはもう十分見ただろ。いつまでもへばりついてるなんてずるいぞ。ほかのもんにも見せたらどうなんだ。おまえだけじゃなく、ほかのみんなにだって見る権利はあるんだぞ」

それに対して、はげしい口ごたえの声があがる。ぼくはその場をはなれた。そのままだとやっかいなことが起こりそうな気がしたからだ。道は人であふれていた。だれもがみんな興奮している。銃撃シーンを見た人は、みんなそのときのようすを口々に話していて、それぞれのまわりを首をのばして熱心にきく人が囲んでいる。髪を長くのばし、大きな白い毛皮の帽子をあみだにかぶり、にぎり手の曲がった杖を持ったひょろりと背の高い男の人が、ボグズが立っていた場所と、シャーバーンが立っていた場所に印をつけている。その人が動くとまわりの人もついていって、その人のすることをなにひとつ見のがさないように見つめながら、うんうんとうなずいたり、ひざに手をついてその男の人が杖でつけた印を見いったりしていた。その人はシャーバーンが立っていた場所でしゃんと背筋をのばしてから顔をしかめ、帽子のつばを目がかくれるくらい下げると「ボグズ！」と大声をだした。それから、杖をゆっくり水平にかまえると「バン！」といった。うしろによろけてもう一度「バン！」という。そのあと、あおむけに地面にたおれた。先ほど実際のようすを見ていた人たちは、完璧だ、そっくりそのままだといっている。十人ぐらいの人が酒瓶を持ってきて、その人にごちそうしはじめた。

そのうち、だれかがシャーバーンをリンチにかけろ、といいだした。たちまちみんながおなじことをいいはじめた。みんな目の色を変えてどなりながらシャーバーンの家におしかけた。しばり首にするための洗濯(せんたく)ひもを、あちこちでひっつかんで手に手に持っている。

22

道をうめつくすようにたくさんの人がシャーバーンの家にむかっておしかけた。みんなワーワーいったり、叫んだり、インジャンみたいに怒ったりしている。通り道にあるものはどかしておかないと、人波に踏みつぶされてこなごなにされてしまいそうないきおいだった。それはそれはおそろしい光景だ。子どもたちはおしつぶされないようにキャーキャー叫びながら先頭を走っていくし、道ばたの家の窓はどれも女の人の顔であふれている。どの木の上にも黒人の男の子たちがしがみついていて、柵という柵の上からは黒人の男や

女がのぞいている。そして、群衆（ぐんしゅう）が近づいてくるとあわててちりぢりになって遠ざかる。大勢（おおぜい）の女の人や女の子が泣きわめいて、死にそうにこわがっている。

シャーバーンの家の柵（さく）の前には人がぎゅうぎゅうづめに集まっていて、あんまりやかましいんで、自分の頭のなかの声もきこえないぐらいだった。庭は六メートル四方（しほう）ぐらいの小さなものだ。だれかが「柵をおしたおせ！　柵をおしたおせ！」と叫（さけ）んだ。その声でいっせいに柵の板をひっぱがしたり、たたきこわしたりがはじまって、ついにたおれると、人の壁（かべ）がどっと庭になだれこんだ。

そのとき、シャーバーンが玄関前（げんかんまえ）のポーチの屋根の上にでてきた。手には二連発の銃（じゅう）を持ち、ひとこともいわずに落ち着きはらって立っている。さわぎはしずまって、人の波はあとずさりした。

シャーバーンはなにもいわず、ただそこに立って見おろしている。その静けさはおそろしいぐらい不気味で、なんだかじっとしていられない気分にさせられた。シャーバーンはゆっくりと人ごみに目を走らせる。目があった人はなんとかにらみ返そうとするけどうまくいかなくて、こそこそと目を伏（ふ）せてしまう。すると、急にシャーバーンが笑いはじめた。ゆかいな笑い声ではなく、砂（すな）のまじったパンを食べさせられたときのような、いやな感じの笑い声だ。

シャーバーンはゆっくり、人をばかにしたような口調で話しはじめた。

「きさまらが、リンチをするだと？　とんだお笑いぐさだ。きさまらにひとかどの男をリンチにする度胸などあるものか！　この町にやってきた身よりのないあわれなはぐれ女にタールを塗って鳥の羽根まみれにしたからといって、ひとかどの男に手をかけられるとでも思ってるのか？　きさまらが一万人よってたかったとしても、わたしは安全そのものだ。闇夜に乗じて、うしろからおそいかかってくるのでもなければな。

このわたしにきさまらのことがわかるのかだと？　ああ、はっきりお見通しだとも。わたしは南部で生まれ育って、北部で暮らしたこともある。だから、国じゅうの並みの人間のことならよくわかるのさ。並みの人間というのは、どいつもこいつも臆病だ。北部のやつらは、外では他人に好きなだけ自分のことを踏みにじらせておいて、家に帰ると、どうか、このような仕打ちに耐えられる心をお与えくださいと祈るんだ。南部ではな、まっ昼間に人をいっぱい乗せた駅馬車をたったひとりでおそってさんざん略奪したならば、新聞は勇気のある男だと書きたてる。それでそいつは、だれよりも勇気のある男だとつけ上がるだろう。だがな、そいつはほどほど勇気があるってだけで、それ以上じゃないんだよ。

陪審員たちは、なぜ人殺しをしばり首にしないんだ？　その人殺しのなかまが、仕返しに暗闇で撃ってくるのがこわいからさ。たしかにそんなことをやりかねない連中だからな。

　そうして、人殺しはいつでも無罪放免だ。するとそこへひとかどの男があらわれて、夜、覆面をした百人の臆病者をひきつれて、その悪党をリンチにかけるのさ。きさまらのまちがいは、ひとかどの男をつれてこなかったことなんだ。それがひとつで、もうひとつは闇夜にまぎれてやってこなかったことだ。覆面もしていないしな。きさまらがつれてきたのは半人前の男だ。そこにいるバック・ハークネスのことだよ。もし、そいつがけしかけていなければ、きさまらは文句をいうだけで気がすんでいただろうにな。

　きさまらは、きたくてきたわけじゃない。並みの人間というのは、めんどうなことやあぶないことは好きじゃないのさ。そう、きさまらはめんどうなことやあぶないことは好きじゃないんだよ。だが、バック・ハークネスのような半人前の人間が『リンチにかけろ、やつをリンチにかけろ！』と叫ぶのをきいたら、ひくにひけなくなるのさ。自分が臆病者と知られるのがおそろしくてな。そうやって、きさまらも声をはりあげて、半人前の男におどらされて、怒りをかきたてながらここまでやってきたというわけだ。これから、でっかいことをしでかしてやると叫びながらな。

群衆というのはほんとうにあわれなものだ。軍隊にしても、しょせん群衆だ。自分にそなわった勇気で戦わず、数の力と上官の命令で戦うんだからな。だがな、ひとかどの人間をリーダーに持たない群衆など、あわれむ価値もない。さあ、きさまらのやるべきことを教えてやろう。とっととしっぽを巻いて、家に帰るがいい。家に帰って穴にでももぐりこむんだな。本物のリンチというものは、闇夜にまぎれてやるものなんだ。南部式にな。いいか覆面も忘れるな。ひとかどの人間をつれてこい。さあ、帰るがいい。そこの半人前の男も忘れずにつれて帰れよ」シャーバーンはそういうと、銃を左腕の上にかまえて撃鉄を起こした。

集まった人たちはいっせいにあとずさりした。それから、ちりぢりばらばらになってにげだした。バック・ハークネスもあわててうしろからにげていく。なんとも、みじめったらしい姿だった。ぼくはそこにとどまることもできた。ただ、そうしたいとは思わなかった。

ぼくはサーカスにいってテントの裏手をうろつき、見張りがいなくなってからなかにもぐりこんだ。お金なら二十ドル金貨とほかにもすこし持ってるけど、使わないほうがいい。家から遠くはなれたよそもののぼくには、いつ急にお金が必要になるのかわからないからだ。用心にこしたことはないからね。ほかに方法がなければ、サーカスにお金を使ったたってかまわないけど、わざわざむだづかいすることもない。
それはそれはすばらしいサーカスだった。登場はふたりずつ、男の人と女の人が横にならんで、みんな馬に乗ってでてきた。あんなに華やかなようすは見たことがなかった。男の人たちはみんなズボンとシャツだけという姿で、靴もはいていないし、あぶみもつけていない。太ももの上に手を置いて、ゆったりと楽々馬を進めている。男の人だけで二十人ぐらいはいただろうか。女の人たちはみんな顔色がよくって、びっくりするぐらい美人ぞろいだ。まるで本物の女王様たちが集まったみたいで、ダイヤモンドをちりばめた何百万ドルもしそうな衣装を身につけていた。ほんとうにみごとなながめで、あんなにすてきなものははじめて見た。

そのうち、ひとりまたひとりと馬の上で立ち上がって、リングをぐるぐるとまわりはじめた。とってもゆったり、

波がうねるように優雅に。男の人たちはみんな背が高くて、空気みたいに軽やかで、背筋もぴんとのびていた。テントの高い屋根をかすめるように、頭をひょいひょい動かしている。女の人たちのバラの花びらみたいなドレスは、やわらかな絹のようにおしりのまわりではためいて、これ以上きれいなものはないっていうパラソルみたいだ。

それから、馬の足並みがだんだん速くなってきて、みんながダンスをはじめた。片足を宙につきだしたかと思うと、反対の足をつきだすっていうぐあいだ。馬もどんどん前のめりになっていくし、サーカスの団長はまんなかのポールのまわりをぐるぐるまわりながら、鞭を鳴らして「ハイ！　ハイ！」と声をあげる。そのうしろでは、ピエロがおかしな冗談をとばしまくっている。そのうち、全員が手綱から手をはなし、女の人たちはこぶしを腰にあて、男の人たちは胸の前で腕を組んだ。馬たちはさらに前のめりになって、ものすごいいきおいで突っ走る！　それから、ひとりずつみんなリングのなかにとびおりると、とびきり上品なお辞儀をして、姿を消していった。観客のだれもが手をたたいて大興奮だ。

最初からおわりまで、どれもこれもびっくりするようなことばっかりだった。しかも、そのあいだずっとピエロがおかしなことをいうもんだから、観客は笑い死にしそうなぐらいだった。団長がピエロにむかってなにかひとことというと、またたきするより早く、きいたこともないようなおもしろいことをいい返す。どんなふうに頭を使ったら、あんなにたくさん、あんなにすばやく、しかもその場にぴったりのことばをくりだせるのか不思議だった。ぼくだったら、たっぷり一年はかかるだろうに。

しばらくすると、酔っぱらいがひとり、リングにあがろうとしはじめた。おれも馬に乗せろ、おれはだれよりもうまく乗れるんだといっている。サーカスの人たちはいい返しながら、なんとかその酔っぱらいを追いだそうとするんだけど、ぜんぜんいうことをきかない。サーカスは中断してしまった。すると、観客がその酔っぱらいにむかってどなったり、ばかにしたりしだしたもんだから、酔っぱらいはかんかんに怒って、わめいたりあばれたりしだした。観客はますます興奮して、たくさんの人がベンチから立ち上がって、リングにむかっておしよせはじめた。

「そいつをやっつけろ！　そいつをつまみだせ！」と口々に叫んでいる。ひとり、ふたり、悲鳴をあげはじめた女の人もいる。

そのとき、団長が短いスピーチをした。

「みなさん、どうか落ち着いてください。もしこの方がこれ以上さわぎを起こさないと約束してくださるなら、馬に乗せてさし上げようと思うのですが、いかがでしょう？　ちゃんと馬に乗っていられる自信があるとおっしゃるなら、ですがね」

それをきいて、みんな笑いながらいいだろうといったので、酔っぱらいは馬に乗った。乗った瞬間、馬は猛烈なスピードで走りだし、とんだりはねたりしはじめた。なんとかおとなしくさせようと轡にしがみついたサーカスの団員をふたり、ぶらさげたまま！

酔っぱらいは必死で馬の首にしがみついている。馬がジャンプするたび、酔っぱらいの足は空中にはねあげられる。観客はみんな立ち上がって、しまいには涙が流れるぐらい叫んだり、笑ったりした。そしてとうとう、団員たちをふりはらって馬は自由になり、リングを好きかってにぐるぐるまわりはじめた。酔っぱらいは腹ばいで首っ玉にしがみついたままだ。最初は片足が地面につきそうなぐらい体がかたむいて、つぎには反対側に大きくかたむく。観客はみんな大よろこびだ。でも、ぼくはちっともおもしろいと思わなかった。あんまりあぶなっかしくて、見ているだけでぶるぶるふるえてしまった。

ところが、そのあとすぐ、酔っぱらいは右に左にゆれながら、なんとか馬にまたがって手綱をにぎった。そして、つぎの瞬間にはぴょんと背中に立ち上がって、手綱をはなしてしまった！　馬は厩が火事にでもなったみたいにすごいいきおいで走っている。でも、酔っぱらいはいままで一度も酒なんか飲んだことないみたいに涼しげな顔で楽々とまっすぐ

に立っている。そして、一枚ずつ服をぬいで、放り投げはじめた。つぎからつぎへとぬぎ捨てるものだから、空中が服だらけに見えるぐらいだった。結局、全部で十七枚もぬいだんだ。服をぬぎおえると、酔っぱらいだと思った男の人は、ほっそりとした美男子だった。いちばん下には見たことないぐらいきらびやかでしゃれた衣装を着ていた。その人はぴしゃりと鞭を鳴らして馬をいきおいよく走らせ、最後にはぴょんととびおりてお辞儀をすると、踊るような足どりで楽屋に消えていった。観客はおもしろいのとびっくりしたのとで大声をあげてよろこんでいる。

　つまり、団長はすっかりだまされていたってことなんだ。あんなにくやしそうな顔を見せたことは、これまで一度だってなかったんじゃないかと思うよ。そう、あの酔っぱらいは自分のところの団員だったんだから！　あの人は自分ひとりでこの冗談を思いついて、だれにもいわなかったんだろう。ぼくもすっかりだまされて、ちょっと落ちこんだけれど、団長にくらべればなんてことはない。千ドル積まれたって、あの団長の代わりにはなりたくないと思った。これより、もっとすごいサーカスがあるのかもしれないけど、ぼくはまだお目にかかったことがない。とにかく、ぼくは十分に楽しんだ。もし、またどこかで見かけることがあったら、そのたびにかならずまた見にいこう。

　さて、その日の夜はぼくたちの芝居だった。結局、客は十二人ほどしかこなくて、これじゃあやっと経費がまかなえるかどうかってところだ。そして、客はずっと笑いどおしだった。公爵はそれに腹を立てたけれど、最後までのこっていたのは、とちゅうで眠ってしまった子どもひとりだけだった。公爵はアーカンソーのうすらばかどもには、シェークスピアなんかわからないんだと強がりをいった。やつらが見たいのはせいぜい低級なコメディで、もしかしたら低級なコメディよりもっとひどいものなのかもしれないという。公爵はやつらの好みにあわせてやろうじゃないかといった。それでつぎの日の朝、公爵は大きなラッピングペーパー何枚かと黒いペンキを用意して、手書きのチラシを何枚か書くと、それを村じゅうに貼りつけて歩いた。そのチラシっていうのはこんなものだった。

町役場にて！

本日から三夜かぎり！
世界的名悲劇役者
デイビッド・ギャリック二世！
そして、
ロンドン、および、王立大陸諸劇場専属、
初代エドマンド・キーン！
迫力満点の悲劇『王のキリン』
また の名は
『王家の絶品』!!!
入場料五十セント

それから、いちばん下にいちばん大きな字でこう書かれていた。

ご婦人と子どもは入場不可

「さてと」公爵(こうしゃく)はいった。「この最後の一行で人が集まらないんなら、アーカンソーなんかくそくらえだ」

（下巻へつづく）

訳者　千葉茂樹
1959年，北海道生まれ。翻訳家。絵本から読みもの，ノンフィクションまで幅広い作品を手がける。訳書に『シャクルトンの大漂流』『カランポーのオオカミ王』『マルセロ・イン・ザ・リアルワールド』(以上，岩波書店)，『ジャック・ロンドン　ショートセレクション　世界が若かったころ』(理論社)，『笑う化石の謎』(あすなろ書房)など，多数。

ハックルベリー・フィンの冒険 上（全2冊）　岩波少年文庫 242

2018年1月25日　第1刷発行
2021年12月6日　第2刷発行

訳　者　千葉茂樹（ちばしげき）

発行者　坂本政謙

発行所　株式会社 岩波書店
〒101-8002 東京都千代田区一ツ橋 2-5-5
電話案内 03-5210-4000
https://www.iwanami.co.jp/

印刷・理想社　カバー・半七印刷　製本・中永製本

ISBN 978-4-00-114242-6　Printed in Japan
NDC 933　334 p.　18 cm

岩波少年文庫創刊五十年——新版の発足に際して

心躍る辺境の冒険、海賊たちの不気味な唄、垣間みる大人の世界への不安、魔法使いの老婆が棲む深い森、無垢の少年たちの友情と別離……幼少期の読書の記憶の断片は、個個人のその後の人生のさまざまな局面で、あるときは勇気と励ましを与え、またあるときは孤独への慰めともなり、意識の深層に蔵され、原風景として消えることがない。

岩波少年文庫は、今を去る五十年前、敗戦の廃墟からたちあがろうとする子どもたちに海外の児童文学の名作を原作の香り豊かな平明正確な翻訳として提供する目的で創刊された。幸いにして、新しい文化を渇望する若い人びとをはじめ両親や教育者たちの広範な支持を得ることができ、三代にわたって読み継がれ、刊行点数も三百点を超えた。

時は移り、日本の子どもたちをとりまく環境は激変した。自然は荒廃し、物質的な豊かさを追い求めた経済の成長は子どもの精神世界を分断し、学校も家庭も変貌を余儀なくされた。いまや教育の無力さえ声高に叫ばれる風潮であり、多様な新しいメディアの出現も、かえって子どもたちを読書の楽しみから遠ざける要素となっている。

しかし、そのような時代であるからこそ、歳月を経てなおその価値を減ぜず、国境を越えて人びとの生きる糧となってきた書物に若い世代がふれることは、彼らが広い視野を獲得し、新しい時代を拓いてゆくために必須の条件であろう。ここに装いを新たに発足する岩波少年文庫は、創刊以来の方針を堅持しつつ、新しい海外の作品にも目を配るとともに、既存の翻訳を見直し、さらに、美しい現代の日本語で書かれた文学作品や科学物語、ヒューマン・ドキュメントにいたる、読みやすいすぐれた著作も幅広く収録してゆきたいと考えている。

幼いころからの読書体験の蓄積が長じて豊かな精神世界の形成をうながすとはいえ、読書は意識して習得すべき生活技術の一つでもある。岩波少年文庫は、その第一歩を発見するために、子どもとかつて子どもだったすべての人びとにひらかれた書物の宝庫となることをめざしている。

（二〇〇〇年六月）